La 6ème

MA PIRE ANNÉE À MOI AUSSI

La 6ème

MA PIRE ANNÉE À MOI AUSSI

James Patterson
ET LISA PAPADEMETRIOU

ILLUSTRATIONS DE NEIL SWAAB

Pour Marguerite Belkin

– L.P.

Illustrations intérieures et de couverture : Neil Swaab

Traduit de l'anglais (États-Unis) par Aude Lemoine

L'édition originale de cet ouvrage a paru en langue anglaise
chez Little, Brown and Company, a division of Hachette Book Group, Inc., sous le titre :
MIDDLE SCHOOL: MY BROTHER IS A BIG FAT LIAR

Rafe est un sale menteur

Pas facile d'avoir un frère célèbre dans le mauvais sens du terme. Pas facile non plus d'avoir un frère à la langue trop bien pendue. Je suis certaine que Rafe vous a tout raconté sur moi. Voyons voir : que vous a-t-il dit ? Que je suis une rapporteuse ? Que je lui tape sur les nerfs ? Que c'est toujours moi qui mange toute la mousse au chocolat ?

Eh bien, j'ai un scoop pour vous : tout ça, c'est rien que des mensonges. Des mensonges, des mensonges et encore des mensonges.

RECHERCHÉ

POUR MÉGA BÊTISES AU COLLÈGE : INFRACTION AU RÈGLEMENT, GRAFFITIS DANS DES LIEUX PUBLICS, ÉCOLE BUISSONNIÈRE, ODEUR DE TRANSPI, HUMOUR SCATO, TORTURE INFLIGÉE À SA SŒUR.

C'est moi qui l'ai fait et c'est **TANT MIEUX !**

Hormis l'histoire de la mousse au chocolat.
Ça... d'accord, j'avoue que c'est vrai.

Que les choses soient claires : Rafe
Khatchadorian est un sale menteur. Et pour vous
prouver que je suis le genre de fille qui dit la vérité,
je vais à présent revenir sur un des trucs que j'ai
écrits : Rafe n'est pas un sale menteur mais un
menteur propre (enfin, il se lave quoi). Et l'image
qu'il donne de moi est complètement fausse.

Voici la *véritable* histoire : Rafe fait tout le temps des trucs dingues, et il s'en tire toujours. Au pire, il est viré du collège et envoyé dans une école d'art.

Quand moi, par contre, je fais une chose de travers ?

Mais alors, qui est vraiment Georgia Khatchadorian ? D'abord, je suis bien plus intelligente que Rafe. Il suffit de demander aux personnes qui font les tests de QI nationaux.

Je suis aussi hyper drôle.

En réalité, je suis plutôt gentille. (Rafe pense que je suis une cafteuse ? Si vous saviez tous les trucs que je n'ai pas rapportés !)

J'ai beaucoup de style mais pas la possibilité de l'exprimer parce que je suis en permanence fauchée.

Je suis également la victime innocente des calomnies de mon frère.

Donc, je suppose que cette histoire est le récit des mésaventures d'une fille intelligente, gentille et créative, sur laquelle la mauvaise réputation de son frère n'a pas fini de rejaillir.

Ce n'est vraiment pas ma faute si tout m'a explosé en pleine figure.

CHAPITRE 2

Ne cherchez pas des noises
à un Khatchadorian

Cinquante-cinq minutes avant mon premier jour au collège de Hills Village et me voilà coincée à la table du petit-déjeuner avec le Champion Pour M'Énerver.

— C'est quoi ce truc ? Des crottes de lapin ? a demandé Rafe devant mes céréales.

— Du muesli.

— Du mucus au vomi ?

Mon grand frère est tellement raffiné, c'est bien connu.

Vous fileriez cette pâtée à manger à Superman ? À Batman ? Aux Avengers ?

ÇA M'ÉTONNERAIT !

— Le muesli, c'est des flocons d'avoine mélangés
à d'autres céréales, lui ai-je expliqué. Ils en mangent
beaucoup en France.

— Ils mangent aussi des limaces en France,
a souligné Rafe.

— Des escargots, l'ai-je corrigé.

Mon frère a levé les yeux au plafond.

— Rien que le *mot* donne envie de gerber.

J'ai lancé un regard à maman. Les traits de son
visage tremblaient : on aurait dit qu'elle hésitait
entre éclater de rire et nous gronder. J'adore ma
mère mais je ne vois vraiment pas comment elle peut
trouver Rafe drôle. Je n'ai pas dû hériter du gène à la
naissance.

— Alors, vous êtes contents, tous les deux ? C'est la
rentrée ! a-t-elle lancé.

Quelle façon efficace de changer de sujet. Bien joué,
maman.

— J'ai trop hâte, avons-nous répondu en chœur,
Rafe et moi.

Sauf qu'à l'entendre,
c'était ironique tandis
que moi, j'aurais
voulu hurler : « Je
suis trop contente :
je vais exploser ! »

8

Rafe a pouffé.

— T'es malade.

— Ce n'est pas parce que tu as détesté la sixième que ce sera pareil pour moi.

— Ouais. Parce que tu es malade. (Il m'a toisée en plissant les yeux.) Là-bas, c'est la prison. Tu vas te faire dévorer toute crue, Miss Sac-à-Dos-Rose-avec-un-Poney-Dessus, a-t-il grogné.

— Maman ! ai-je hurlé.

— Ça suffit, Rafe. (Du coin de l'œil, ma mère m'a considérée avec inquiétude.) Arrête d'essayer de faire peur à Georgia.

Je savais qu'elle était nerveuse à l'idée que je rentre au collège. N'oublions pas que Rafe avait eu une année de sixième plutôt houleuse.

L'ANNÉE DE SIXIÈME DE RAFE

J'ai bien entendu ? Vous soutenez que je ne devrais pas m'inquiéter parce que *mon frère est un sale menteur* ?

Alors, écoutez-moi bien. Je peux raconter ce que je veux sur Rafe mais personne d'autre n'a le droit de dire du mal de lui. Je le garde à l'œil. Principalement pour lui jeter des trucs à la figure et, de temps à autre, le poignarder dans le dos.

L'important, c'est qu'il est à *moi* ! Et à personne d'autre.

Et même si mon frère est un sale menteur, j'avais comme l'impression que, pour une fois, il disait la vérité.

CHAPITRE 3

Mon épouvantable frère
(tristement) célèbre

La bonne nouvelle, c'est que tout le monde se fichait de mon sac à dos. La mauvaise, c'est que Rafe avait raison : le collège et la prison, c'est du pareil au même. Mon crime ? Mon nom de famille.

JE HAIS LES KHATCHADORIAN !

J'espérais prendre un meilleur départ.

Au début, ça allait. J'arrivais à supporter le fait que le car sente la transpiration. Cela ne me dérangeait même pas que tout le monde ait déjà l'air de se connaître.

Ensuite, en première heure de cours, avec mon prof principal, j'ai découvert qu'il faudrait que je change de salle dans chaque matière. C'était nouveau pour moi. Je stressais à l'idée de devoir mémoriser mon emploi du temps quand le prof, M. Grank, alors qu'il relevait les présences, s'est exclamé :

— Georgia Khatchadorian ? Tu es la SŒUR de Rafe Khatchadorian ?!

Ouais, ce sont ses mots exacts, en lettres majuscules avec un point d'exclamation à la fin.

Tous les élèves se sont tus. Puis ils se sont mis
à chuchoter entre eux.

J'ai senti mes joues rougir.

— Euh... ouais ? ai-je rétorqué avec hésitation.

— Vous n'êtes pas *sûre* ? a grondé M. Grank.

— Ben, monsieur... enfin, j'espérais qu'on pourrait
garder... euh... ce détail futile entre vous, moi et ces
quatre murs.

Tendue, j'ai souri de toutes mes dents mais
M. Grank était plutôt en mode « Ne jouez pas à la plus
maligne avec moi, mademoiselle Khatchadorian ».

Un élève de la classe a répété :

— Ooooh, un détail futile...

J'ai senti le regard des autres peser sur moi comme
s'ils pensaient que je frimais avec mon vocabulaire
compliqué. En vérité, on aurait plutôt dit qu'ils
s'imaginaient que j'allais retirer tous mes vêtements
et foncer en trombe dans le couloir. (Ce que Rafe a fait
une fois.) Du coup, je me suis écrasée sur ma chaise
jusqu'à ce que la cloche sonne.

D'ordinaire, on aurait dû se rendre ensuite à
l'Assemblée des élèves pour se familiariser avec le
règlement du collège mais pour une raison inconnue
(enfin... *si*, connue : Rafe), il n'y en a pas eu cette
année. Le règlement était en cours de remaniement
alors on est passés directement au cours suivant.

Vous avez deviné pour quelle raison (hum hum, Rafe !) les profs d'anglais, maths, français et… sport m'ont réservé un « accueil tout particulier » ?

Pour ceux d'entre vous qui sont un peu perdus car ils connaissent mal Rafe, voici le topo : il est connu ici parce qu'il a essayé d'enfreindre toutes les règles possibles et imaginables de l'école. Et il a presque réussi mais il s'est fait exclure. (Vous aimeriez avoir encore plus de détails ? Lisez *La 6e la pire année de ma vie*. À votre place, je ne me fatiguerais pas mais, qui sait ? Ça vous plaira peut-être… si vous êtes fous.)

Vive Georgia !

Pas aussi bon que le livre de Georgia !

Ça aurait dû s'appeler LE PIRE BOUQUIN DE MA VIE.

Et maintenant, tout le monde au collège semblait persuadé que je serais la prochaine folle furieuse de la famille Khatchadorian.

Partout où j'allais, je marchais dans les pas de mon frère : dans la boue et le sang. Ma cote de popularité avoisinait celle des déchets toxiques. Rafe, sans même être ici, avait déjà tout gâché.

Sauf que je ne suis pas Rafe. Je suis le genre de filles à n'avoir que des A dans toutes les matières. En CE2, j'ai même obtenu le Certificat de la meilleure progression de l'année. Tous ces gens ont une fausse idée de moi.

J'ai décidé que j'allais leur montrer que je n'étais pas « Rafe Khatchadorian II : le retour » mais plutôt du genre « Georgia Khatchadorian I : la normale ».

J'ai pensé qu'une fois que je leur aurais montré la véritable Georgia, les choses s'arrangeraient.

Je me suis bien plantée.

Miller le (mini) Tueur

C'était l'heure d'aller manger. Direction la cafétéria : des élèves à perte de vue mais aucun ami en vue.

Oh ! par contre, j'ai aperçu un *ennemi*.
Visiblement, l'ancien grand copain de mon frère,
Miller le Tueur, a un petit frère. Et par « petit », je
veux en réalité dire « énooorme ». J'avais déjà vu
Miller, et Mini-Miller lui ressemblait comme deux
gouttes d'eau. En plus grand et plus moche.

Je me tenais debout à l'entrée de la cafétéria
lorsqu'il s'est avancé vers moi.

— Greueueuh, a-t-il grogné. Greueueuh.

Il traînait la patte.

Alors, il m'a décoché un immense sourire débile.

— Tu imites quoi ? Un zombie ? l'ai-je interrogé. Parce que c'est clair qu'on t'a mangé la cervelle.

Ses petits yeux porcins, réduits à deux fentes, se sont posés sur moi.

— T'es la sœur de Rafe Khatchadorian, pas vrai ?

En un éclair, Mini-Miller m'a piqué le biscuit aux pépites de chocolat qui était sur mon plateau avant de l'engloutir en une fois.

— Qu'est-ce qui te fait dire ça ? ai-je répliqué.

Mini-Miller m'a défiée du regard.

— Ça dit « Khatchadorian » sur ton cahier.

— Oh ! tu sais lire ?

Cela ne devait pas être la chose à dire parce qu'il m'a arraché mon plateau des mains. Mon repas s'est répandu partout par terre, tandis que le plateau en plastique heurtait le sol avec fracas. L'écho du bruit s'est propagé dans toute la cafétéria.

— Oups, a simplement commenté Mini-Miller.

Alors, il a éclaté de rire puis il est parti après m'avoir écrasé le pied.

Rafe n'est peut-être pas si nul en fait...

CHAPITRE 5

Rhonda la ronde
à la rescousse !

— T'AS BESOIN D'UN COUP DE MAIN ?
m'a demandé quelqu'un à la voix si stridente que
mes tympans se sont recroquevillés sur eux-mêmes.
On aurait dit l'étrange créature du lac noir.
En me tournant pour voir d'où venait la voix, j'ai
bondi au plafond. Elle ne parlait pas seulement
comme l'Étrange créature du lac noir : elle…
lui ressemblait aussi. Et portait une sorte de
déguisement qui semblait tout droit sorti des
années 1950.

Sans oublier que la fille était très enrobée.
Je dirais même qu'elle était grosse. Désolée,
mais c'est la vérité. Il y a des gens qui font
penser à des lamantins échappés d'une
comédie musicale. D'autres qui ont
l'air de top models. Je ne porte pas de
jugement : je me contente de rapporter
des faits. Personnellement, je n'ai rien
d'un top model. Y a qu'à voir les dessins.

Par
Rafe Khatchadorian

J'ajouterais autre chose : dans une
cafétéria pleine d'élèves, la Créature
du lac noir est la seule qui se soit levée
pour m'aider. Donc, elle m'a fait tout de suite bonne
impression.

Elle a retourné mon plateau et replacé mon verre,
mon assiette et mon bol dessus.

— JE M'APPELLE RHONDA, a-t-elle annoncé,
un grand sourire aux lèvres.

Elle avait un sourire très gentil, des dents
blanches et une fossette sur la joue gauche.

— Moi, c'est Georgia.

Je me suis accroupie pour ramasser mes couverts.

— TU AS DE LA PURÉE SUR TON TEE-SHIRT,
m'a avertie Rhonda.

J'ai poussé un soupir.

— ET SUR LE VISAGE, a-t-elle ajouté.

J'ai laissé tomber mes couverts sur mon plateau
en plastique.

— Tu sais où sont les toilettes ?

— AU BOUT DU COULOIR, SUR LA GAUCHE.
TU VEUX QUE JE TE MONTRE ?

— Non, merci. Ça ira. (J'ai repris le plateau de ses
mains.) Merci.

— PAS DE QUOI !

Après un autre sourire éclatant, elle a regagné
sa place d'un pas lourd. Elle marchait comme elle
parlait : bruyamment.

En résumé, au bout d'une demi-journée seulement,
j'avais rencontré Mini-Miller et l'Étrange créature
du lac noir. Le collège de Hills Village ne pouvait pas
cacher un truc plus bizarre, si ?

Eh si.

CHAPITRE 6

Le Gang des Princesses

Lorsque j'ai quitté la cafétéria, le brouhaha s'est brusquement dissipé (et je ne fais pas seulement allusion à Rhonda). Les seules élèves dans le couloir étaient trois filles, réunies autour d'un casier : on aurait dit qu'elles avaient le même conseiller vestimentaire – celui d'une célébrité. Elles m'ont toisée pendant une minute quand l'une a soudain protégé sa bouche d'une main pour faire des messes basses à ses copines, qui se sont esclaffées.

Je les avais déjà remarquées : elles étaient en cours de français avec moi. C'était clairement Missy Trillin la chef... pas seulement de la bande mais de toute l'école ! En cours, dans la matinée, un crétin à lunettes avait commis l'erreur de s'asseoir à la place qu'elle voulait.

C'est le siège de Fabio !

Elle veut dire mon trône.

La famille de Missy est archi riche. Sa mère
a inventé les Mac'N Cheesiohs – vous savez, les
macaronis au fromage sur un bâtonnet qui se
réchauffent au grille-pain – alors ils sont pleins aux
as. Tout le monde rêve de s'habiller comme Missy.
D'être invité chez elle quand elle organise des soirées.
De faire un tour dans sa limousine en or massif.

Les deux futures célébrités qui ne quittent pas
Missy d'une semelle s'appellent Brittany et Bethany,
mais ne me demandez pas laquelle est laquelle. En les
observant, j'ai enfin compris où Rafe voulait en venir
avec mon sac à dos rose Petit Poney. Les vêtements
de ces filles conféraient à mon tee-shirt et mon jean
l'apparence de vieux torchons rapiécés et cousus
ensemble. Leur peau parfaite me donnait l'air d'avoir
été victime d'une attaque au marqueur indélébile.
Leurs dents étincelantes risquaient d'aveugler toute
personne s'approchant d'elles à moins de cinq mètres
et il devait y avoir moyen de perdre un chihuahua
dans leurs chevelures épaisses et bouffantes.
(D'ailleurs, Missy avait justement un chihuahua
comme animal domestique.) J'avais l'impression
que je venais d'atterrir dans une publicité pour les
shampooings dont elles étaient les mannequins.

Elles ne m'ont pas quittée des yeux alors que je
passais à côté d'elles à la recherche des toilettes.
Elles n'étaient pas où je pensais mais je continuais

à espérer qu'elles surgiraient devant moi, telle une oasis dans le désert.

— Clip-clop, a lâché Missy et les deux B se sont écroulées de rire.

J'ignorais ce que cela voulait dire mais de toute évidence, il s'agissait d'une blague donc j'ai rigolé moi aussi.

— Euh, salut ! les ai-je interpellées en souriant. Vous pouvez me dire où sont les toilettes ?

Missy m'a servi un sourire pincé en coin.

— On se connaît ?

Au son de sa voix, il était clair qu'elle n'envisageait pas de pouvoir me connaître. Elle m'a jaugée de la tête aux pieds et j'aurais tout donné pour aller me cacher dans un casier pour le restant de l'année.

— Je ne crois pas qu'on connaisse qui que ce soit qui s'habille à la décharge publique, a déclaré une des B.

— Ni qui se coupe les cheveux au massicot, a ajouté l'autre.

Dans la catégorie « snob », ces filles méritaient clairement la Palme d'or. Du coup, j'ai joué la carte « Je parie que vous avez séché les cours à l'école des bonnes manières » car elles étaient vachement malpolies. Alors, elles ont fondu en larmes, et Missy a tenté de me dessiner un plan pour aller aux toilettes avant que je m'éloigne en toute simplicité.

Bon, d'accord, ce n'est pas tout à fait vrai.

Effectivement, je me suis éloignée mais sans trouver rien de futé à leur rétorquer avant trois jours.

— Clip-clop ! a répété Missy dans mon dos.

Ses petites copines ont rigolé de plus belle avant de partir dans un seul élan, en se dandinant à travers le couloir tels des poneys dans un concours de dressage.

Super. Elles avaient à présent leur petit private joke à mes dépens. Clip-clop. Ça voulait dire quoi ?

J'ai imaginé plusieurs possibilités.

1. J'ai mal entendu « tic-tac ». Missy et les B ont déposé une bombe quelque part dans le bâtiment. Mieux vaut que j'avertisse la sécurité illico afin qu'ils prennent des mesures.

2. C'est du jargon de princesse appris dans un club privé d'équitation ultra sélect : elles parlent une langue équine mystérieuse que elles seules peuvent comprendre.

3. Elles se moquaient de mes chaussures : j'admets qu'elles sont loin d'être aussi chic que les leurs.

Je n'étais pas certaine d'avoir trouvé la bonne réponse mais – au vu de leurs personnalités – j'aurais opté pour la troisième. Même si j'ai continué en faisant semblant que ce soit la première.

Donc… après Grank, la Créature du lac noir et Mini-Miller, j'avais maintenant un gang de Princesses à gérer. La journée pouvait-elle encore empirer ?

CHAPITRE 7

Les Géniales !

Les cours se sont terminés environ cinq millions d'heures plus tard. À la fin de la journée, je finissais par croire que j'aurais dû me faire tatouer JE SUIS LA SŒUR DE RAFE KHATCHADORIAN sur le front afin d'éviter à tout le monde de le mentionner à tout bout de champ.

Lorsque la sonnerie a retenti, Missy est montée dans sa limousine émaillée de pierres précieuses tandis que je me dirigeais vers mon car scolaire. Cinq kilomètres et cinquante coups du lapin plus tard, j'étais de retour à la maison, en sécurité, en compagnie de mes amies Nanci, Mari et Patti. (Oui, elles veulent bien qu'on passe du temps ensemble, même si mon nom ne se termine pas en i et qu'on ne va pas dans la même école.) Assises à la table de la cuisine, on grignotait les biscuits aux pépites de chocolat encore tièdes que ma mamie Dotty avait préparés. Elle vit avec nous maintenant.

— Alors, Georgia ? (Mari m'a souri, des miettes tout autour de la bouche.) Prête à casser la baraque ?

— Tout à fait, ai-je acquiescé.

— Encore un dernier biscuit, a dit Nanci en en prenant cinq.

Mais comment fait-elle pour rester si mince ?

— Qu'est-ce qu'il y a sur ton tee-shirt ? m'a demandé Patti.

— De la purée, ai-je expliqué. Quelqu'un a renversé mon assiette sur moi.

— Quel gâchis.

Patti a remué la tête en lissant sa chemise en batik aux fibres naturelles. Patti est très respectueuse de l'environnement.

— La prochaine fois, je donnerai une leçon de morale au mec, ai-je promis.

Ensuite, on s'est dirigées vers le garage pour notre répétition. J'ai allumé mon ampli et gratté les cordes de ma guitare électrique. Eh oui, effectivement, je joue dans un

Je suis devenue copine avec Nanci, Mari et Patti pendant l'été. Elles vont à l'École d'arts plastiques de Rafe, Airbrook. Je les ai rencontrées au pique-nique du printemps. Maman avait insisté pour qu'on y aille tous ensemble étant donné que Rafe allait entrer dans cette école à l'automne. On avait apporté un dessert – un bon moyen de se faire des amis avec les gens tels que Nanci qui sont des estomacs sur pattes.

Elle était avec Patti et Mari. On s'est mises à parler de gâteaux puis d'art (Nanci fait des super sculptures, et Mari et Patti sont plutôt branchées peinture) et enfin de musique. Justement, Nanci jouait de la batterie, Mari, de la basse et Patti, du synthé.

— Il ne nous manque qu'une guitariste électrique, avait dit Mari.

Alors, j'ai déclaré :

Le lendemain, j'ai trouvé une guitare électrique et un ampli dans un vide-grenier. Mamie Dotty adore les vide-greniers et elle a réussi à marchander avec le vendeur, si bien qu'on a fini par ne payer que trois dollars pour les deux. La suite, tout le monde la connaît.

Enfin… tout le monde la *connaîtra*. Une fois qu'on sera célèbres.

Évidemment, Rafe était furieux que je me sois fait des copines à Airbrook avant lui, ce qui décuplait encore ma joie d'être dans le groupe. On s'est baptisées Les Géniales ! On rêvait de jouer au spectacle de fin d'année à l'école.

Maman nous laissait ranger notre matériel dans le garage donc on était parées.

— Si on jouait notre chanson fétiche en premier ? ai-je proposé.

— Improvisons d'abord ! s'est exclamée Mari. Et faisons sauter le toit du garage !

REINE DES ACCORDS

JOUE DE LA BATTERIE AVEC SON FRONT AUSSI

UN VRAI DANGER DANS LE BON SENS

LÉGENDE DU ROCK

Les Nulles !

Euh, j'ai précisé qu'on avait fait sauter le toit du garage ?

Quelqu'un a frappé à la porte qui menait à la cuisine. Une seconde plus tard, la tête aux cheveux hirsutes de Rafe est apparue dans l'entrebâillement pour envahir l'espace vital de mon groupe.

— Va-t'en, l'ai-je chassé.

C'est un réflexe chez moi.

Rafe m'a ignorée. (Un réflexe chez lui.)

— Je peux vous écouter répéter ?

— Non ! me suis-je écriée mais Mari avait déjà répondu :

— Bien sûr, Rafe.

Tandis que Patti ajoutait :

— Entre !

Note mentale
de Georgia
Khatchadorian

NOTE POUR PLUS TARD
ÉTRANGLER
RAFE !

Ainsi, avant que j'aie eu le temps de réagir, mon frère s'était installé sur une chaise pliante juste à côté de l'étagère où on stocke le sopalin et le papier toilette. Il m'a souri tandis que je le considérais en plissant des yeux furieux.

— C'est vraiment cool que vous ayez formé un groupe. (Rafe a reporté son attention sur moi.) Je ne savais pas que tu savais jouer de la guitare.

— Sans Georgia, on n'aurait pas de groupe, est intervenue Mari.

— Sérieux ? a répondu mon frère avec un rictus plein de suffisance à mon intention.

Il s'est enfoncé sur son siège. Si seulement sa chaise avait pu se renverser et lui se retrouver le nez par terre !

— Au fait, vous jouez quoi comme style de musique ? a-t-il voulu savoir.

— De la musique forte, a dit Nanci.

Mon frère a souri de toutes ses dents.

— C'est ce que je préfère !

Mari, Nanci et Patti se sont tordues de rire. Elles sont super sympas, ce qui est méga énervant parfois. Comme lorsqu'elles sont gentilles avec mon frère.

— Un ! a commencé Mari. Deux ! Un-deux-trois-quatre !

On a entamé une nouvelle fois notre chanson fétiche. J'ai ajouté un petit solo de guitare au milieu mais ce n'était pas vraiment voulu : mes doigts se sont pris dans les cordes. C'est bon, je vous dispense de commentaires ! Je n'ai jamais pris de leçon de ma vie, OK ? J'ai appris toute seule en regardant des vidéos. Je peux sauter, tourner et même ramper sur les genoux pendant que je joue. J'ai juste du mal à jouer les bonnes notes de la partition.

Une fois notre chanson terminée, Nanci s'est mise à tourner nerveusement une mèche de ses cheveux bleus. Elle a les cheveux noirs avec des mèches turquoise et aime porter des jeans déchirés, des bottes militaires et des tee-shirts avec des superhéros de dessins animés.

— Alors… t'as trouvé ça comment ? a-t-elle demandé à mon frère.

Heureusement, Rafe n'a pas eu le temps de répondre parce qu'à cet instant, mamie Dotty a passé sa tête par la porte :

— L'un d'entre vous a-t-il entendu un affreux vacarme, une sorte de plainte, il y a tout juste une minute ? Comme si une partie du toit venait de s'effondrer sur un singe hurleur ? Ou qu'un camion rempli de chats se renversait sur la route ?

— Euh, non, ai-je répliqué.

— Je ferais mieux d'appeler la SPA, a-t-elle déclaré avant de claquer la porte derrière elle.

— On était vraiment si nulles que ça ? s'est inquiétée Mari.

Elle fixait Rafe comme si son opinion avait une quelconque importance.

— Non, a-t-il affirmé en remuant la tête.

— Ah. Tant mieux, a réagi Nanci, l'air soulagée.

— Vous étiez pires encore, a ajouté Rafe. (Les filles ont affiché des mines horrifiées.) Vous devriez vous rebaptiser « Les Nulles ».

Je redoutais que mes copines quittent le garage et n'y remettent jamais les pieds.

— C'est toi qui es nul ! ai-je rétorqué. Et puis tu pues ! Je te sens d'ici.

— Tu confonds avec ton haleine.

À court de réplique percutante, j'ai saisi un rouleau de papier toilette pour lui jeter à la tête. En riant, Rafe a esquivé puis s'est sauvé sur-le-champ.

— On est vraiment si nulles que ça ? a demandé Mari.

— Rafe aurait dit la même chose, qu'on soit bonnes ou pas, les ai-je informées.

— N'empêche, on a besoin de répéter *plus*, a reconnu Nanci.

— Alors, qu'est-ce qu'on attend ? a lancé Mari.

— Allons-y à fond ! s'est exclamée Patti.

Je n'éprouvais pas autant de conviction. Pourtant, on a repris la chanson du groupe et cette fois, elle était encore meilleure qu'avant. Maintenant, si seulement je pouvais réussir ce solo de guitare…

Le bonheur d'être à la maison

Une super répétition avec son groupe compense peut-être une affreuse première journée de cours mais, en les additionnant, vous finissez tout de même exténué.

J'ai besoin d'un câlin de maman, ai-je songé, *et de lui raconter ma journée folle du début à la fin.* Malheureusement, ma mère n'était pas à la maison, ce qui signifiait ni câlin ni dîner non plus, à moins que je le prépare moi-même. Maman est serveuse ; autrement dit, elle travaille la plupart des soirs. Par conséquent, on doit plus ou moins se débrouiller tout seuls.

J'aurais voulu pouvoir me confier à quelqu'un. Mais Mari, Patti et Nanci allaient à Airbrook où je parie que tous les élèves (hormis mon frère) étaient cool.

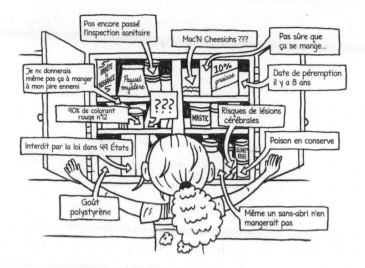

Elles ne savaient pas ce que c'était d'être confronté au Gang des Princesses. *Je pourrais parler à mamie Dotty*, me suis-je dit, *mais elle me conseillerait probablement de m'estimer heureuse de ne pas devoir marcher huit kilomètres jusqu'à l'école comme elle quand elle était petite.* Et la seule autre personne à la maison était…

— Hé, la Nulle ! m'a interpellée Rafe en entrant dans la cuisine d'un pas tranquille. C'est vraiment l'adjectif parfait pour décrire ton groupe, Georgia. Sérieusement, je trouve que « Les Nulles » est un bon nom de scène. Très rock.

Je me suis contentée de soupirer, dépourvue de l'énergie pour lui renvoyer une pique.

— Ça va pas ? T'as passé une mauvaise journée ?

L'espace d'une seconde, j'ai cru qu'il se souciait de moi. Mais là, j'ai remarqué le grand sourire en travers de son visage.

— J'ai passé une journée horrible, ai-je annoncé sèchement. Tout ça grâce à toi.

— Moi ? (Il a battu des paupières.) Aucune idée de quoi tu parles.

Il a ouvert le frigo et sorti une brique de jus d'orange avant de s'en enfiler la moitié au moins au goulot. Beurk.

— Tu sais exactement de quoi je veux parler, ai-je rétorqué. Tu m'as ouvert la voie au collège. Et quelle voie !

— C'est parce que je suis la seule personne intéressante qui ait jamais mis les pieds dans ce bahut.

Il a avalé une autre immense gorgée de jus.

— Ouais, j'ai rencontré le petit frère de ton pote Miller. J'ai l'impression qu'on va passer vachement de temps ensemble, ai-je raconté d'une voix pleine de sarcasme.

— Il t'a embêtée ?

Le rictus de Rafe l'avait quitté.

— Je n'ai pas peur de lui. Bref, tous mes profs n'en reviennent pas que tu sois encore scolarisé et non pas incarcéré.

Rafe a haussé les épaules.

— Je n'appellerais même pas ça des profs, personnellement. Disons plutôt des gardiens. Avoue : j'avais raison et toi, tort.

Il pouvait toujours courir pour que je lui donne raison.

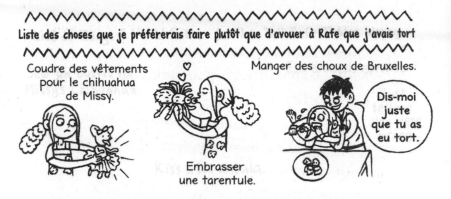

Coudre des vêtements pour le chihuahua de Missy.

Manger des choux de Bruxelles.

Embrasser une tarentule.

Dis-moi juste que tu as eu tort.

— On ne peut pas généraliser après un jour. (Je suis allée chercher un paquet de pâtes dans le placard.) Ça va s'arranger.

— Faux.

J'ai fait volte-face pour le regarder.

— Je ne suis pas toi, Rafe. Je sais comment me faire des amis. Et comment avoir de bonnes notes. Je te parie que d'ici quatre semaines, j'aurai la moyenne la plus élevée *et* que je serai l'une des filles les plus populaires du collège.

Merci de nous avoir mis sur la liste des VIP, Georgia.

C'est **TOI** la star, Georgia.

Les chats font la loi maintenant.

Le Gang des Princesses me suppliera d'être leur amie, ai-je pensé. *Mes profs oublieront jusqu'à l'existence passée de Rafe.*

— Tu veux parier ? a lancé mon frère, les yeux écarquillés sous des sourcils en forme d'accents circonflexes. Dans quatre semaines, tu auras zéro copine et tu imploreras maman de te changer d'école.

J'ai croisé les bras.

— Ouais, je veux bien parier.

Déjà, mon cerveau était parti au quart de tour.

Rafe a paru un peu surpris.

— Qu'est-ce qu'on parie ?

— Celui qui perd fait les corvées du gagnant pendant un mois.

Rafe a englobé la cuisine du regard : le sol qui avait bien besoin d'un coup de balai, la vaisselle empilée dans l'évier, les miettes sur le plan de travail. Le reste de l'appartement était sensiblement pareil : le genre qu'on voit sur les photos « avant » dans les émissions télévisées où ils transforment les maisons. La liste des tâches ménagères s'étendait à l'infini et je la rallongerais encore largement après avoir *gagné*.

Rafe a souri de plus belle.

— Marché conclu, a-t-il annoncé.

On s'est serré la main. Il avait l'air plutôt confiant.

J'étais impatiente de lui faire ravaler son sourire...
et de prouver à tout le monde que mon seul problème
au collège était d'avoir Rafe comme frère.

CHAPITRE 10

Sweet Home Georgiabama

Mamie Dotty a surgi dans la cuisine en chantant à tue-tête. Elle portait un survêtement et des jambières rayées aux couleurs de l'arc-en-ciel.

— J'ai lu que c'était à nouveau la mode ! a-t-elle fanfaronné.

Sur la planète « Comment ficher la méga honte à vos petits-enfants » peut-être, ai-je songé.

J'ai posé une casserole sur la gazinière et allumé le feu en dessous pendant que mamie Dotty hurlait à pleins poumons sa version de « Sweet Home Alabama » remaniée... qui s'est rapidement transformée en « Georgia on my Mind »... avant de devenir « Omaha Mall » de Justin Bieber.

Mamie n'est pas très douée pour ce qui est de se souvenir des prénoms ou encore en géographie. Ni question mode, d'ailleurs.

Quand l'eau a frémi, j'y ai immergé les pâtes avant de sortir la salade fanée. *Faire le dîner, c'est le boulot des adultes, non ?* ai-je pensé alors que Rafe engloutissait une nouvelle lampée de jus d'orange, vidant ainsi la brique. Ensuite, il a fait un énorme rot au point que la vaisselle s'est mise à cliqueter dans l'évier. Dotty a gloussé.

Mais oui, me suis-je rappelée : je suis la seule adulte en ce moment.

J'ai lavé les feuilles de salade flétries et les ai mélangées à des tomates cerises (j'adore ça) et des poivrons verts émincés (Rafe déteste ça) pour leur donner meilleure mine.

— À table ! ai-je tonitrué en apportant les assiettes dans la salle à manger.

Rafe a froncé les sourcils face à la salade.

— Ouais, c'est vachement appétissant… quand on est un lapin.

— Tes oreilles de géant et ton nez qui s'agite sans arrêt ont dû m'induire en erreur, ai-je rétorqué.

— Ça a l'air délicieux ! s'est réjouie Dotty. Et très équilibré.

Rafe a trié les poivrons verts dans sa salade pour les poser sur le rebord de son assiette. Il a mâchouillé une feuille avant de demander :

— Où est la vraie nourriture ?

Mais pour qui il me prend ? Sa bonne à tout faire ?

— La suite arrive tout de suite, ai-je annoncé
avec autant d'entrain que possible malgré
mes mâchoires crispées.

De retour dans la cuisine,
j'ai égoutté les pâtes et les
ai recouvertes de sauce.

— Hé, Georgia, ça a l'air
mangeable ton truc, en fin de
compte, a constaté Rafe alors que je
déposais l'assiette devant lui.

J'ai esquissé un sourire mielleux.

— Mange tant que c'est chaud.

Rafe a enfourné une immense cuillérée dans sa
bouche avant de bondir au plafond. Au sens littéral.

— C'est assez épicé pour toi ? ai-je demandé à
mon frère mais il n'a pas répondu.

Il était trop occupé à éteindre les flammes dans
sa bouche. Hum. Je suppose qu'il n'a pas apprécié le
pot entier de sauce pimentée que j'ai renversé sur
ses pâtes.

Heureusement, je n'en avais pas mis dans
l'assiette de mamie ni dans la mienne.

Dotty a repris une bouchée.

— Un vrai délice, Carolina.

Rafe a toussé et mugi. Il n'était pas en mesure de parler mais je devinais ce qu'il tentait de dire et ça avait un rapport avec la vengeance qui est un plat qui se mange froid. *Je ferais mieux de m'éclipser pendant qu'il est occupé à éteindre le feu sur sa langue avec un verre d'eau*, ai-je décidé. J'ai donc laissé mes couverts dans l'évier avant de me diriger là où je savais que, jamais, Rafe n'oserait venir me déranger.

Le seul endroit où j'étais en sécurité.

CHAPITRE 11

Ma mère, ma meilleure amie

En arrivant dans mon havre de tranquillité, j'ai découvert qu'il avait été envahi par une bête carnivore (mais bien habillée).

Bonjour, bonjour, Georgia. Tu arrives juste à temps pour le dîner.

Vous avez deviné : Missy. Assise sur une banquette, dans un coin du *Swifty's,* elle était accompagnée des autres membres de sa famille snobinarde. Le petit doigt levé, ils dégustaient de la tarte aux pommes.

Le plus discrètement possible, j'ai rejoint le comptoir où je me suis glissée sur un des tabourets rouges, mon exemplaire de *La Voleuse de livres* devant le visage pour me cacher. Faites qu'on ne me remarque pas, ai-je supplié en silence.

— Ta maman arrive tout de suite, Georgia chérie ! s'est égosillée Pearl.

C'est l'autre serveuse. Il faut toujours qu'elle mette le volume à fond quand elle parle.

Les épaules rentrées, le dos voûté, j'ai jeté un regard à Missy. Elle me fixait de ses yeux plissés, un petit sourire pincé aux lèvres. Je lui ai tourné le dos alors que les pâtes, dans mon estomac, menaçaient de faire le chemin à l'envers. Génial.

Si jamais Missy rapplique, alors je pourrai lui vomir dessus.

— Salut, ma puce !

Maman s'est penchée par-dessus le comptoir pour me planter un baiser sur le front.

J'ai eu la sensation que je venais d'atteindre une oasis dans le désert. *Maman saura comment gérer Missy.*

— J'ai une question à te…

— Je veux tout savoir. Je reviens dans une seconde.

Elle est partie en direction d'une table près de la fenêtre, les bras chargés d'un immense plateau couvert d'une pile d'assiettes. À sept heures du soir, le restaurant était bondé.

Il a été entièrement détruit lors d'un incendie l'année dernière, mais Swifty l'a reconstruit grâce à la grosse somme qu'il a touchée de son assurance et maintenant, c'est encore mieux. Et aussi beaucoup plus fréquenté.

Swifty a soudain crié :

— La commande de la huit !

Alors, maman s'est dépêchée de rejoindre le grill afin de prendre les assiettes. D'un index levé, elle m'a signifié : « Une minute ! »

Argh… Je n'avais pas une minute !

Mes problèmes m'avaient suivie jusque dans mon havre de paix et ils s'apprêtaient à passer à *l'attaque*.

CAMOUFLAGE AU RESTO

J'ai lancé un regard nerveux en direction de la table de Missy. Sa famille se levait pour partir. *Pitié, pitié, allez-vous-en*, ai-je imploré mentalement.

La bibliothécaire avait essayé de me persuader que le livre serait trop difficile pour moi. Elle avait dû me confondre avec Rafe. (Note aux lecteurs : Rafe n'a jamais lu *La Voleuse de livres* ni aucun autre livre d'ailleurs hormis le guide de lecture de la série *Oui-Oui*. Bon, OK, j'exagère. Ça lui arrive aussi de lire le menu de chez McDo.)

Quelques instants plus tard, maman m'a apporté un verre de lait au chocolat. Sans le chocolat.

— Comment s'est passée ta première journée au collège ? a-t-elle demandé sur un ton plein de douceur en croisant les bras sur le comptoir.

Enfin… j'avais ma mère rien que pour moi.

— Oh, ça… (J'ai reporté mon attention sur la table du coin : Missy était partie. *Bien*, ai-je pensé. *Maintenant je peux vraiment vider mon sac*.) Ça a été, mais…

— Excusez-moi ? (Un homme chauve tenait sa tasse de café en l'air.) Je peux en avoir encore ?

— Bien sûr.

Maman s'est précipitée vers la cafetière.

À la seconde où elle a eu fini de re-remplir la tasse, un autre client a voulu passer sa commande.

Ensuite, la commande d'une autre table était prête à être servie, des clients partaient, quelqu'un a laissé tomber une cuillère... Maman s'est fait happer par le chaos ambiant : je l'avais perdue.

Si seulement elle pouvait prendre une soirée de congé et regarder un film avec Rafe et moi sur le canapé. Malheureusement, elle travaille trop. Même lorsqu'elle est à la maison, c'est dur d'avoir toute son attention... Rafe a tendance à l'accaparer.

Je voulais vraiment parler à maman de Missy... sauf que ça n'avait pas l'air d'être mon jour de chance. Il ne me restait plus qu'à trouver un plan d'action moi-même concernant les Princesses.

Il allait falloir que j'emploie les grands moyens.

Le code vestimentaire
des Princesses

Quand je suis descendue le lendemain matin, Rafe m'a jaugée et il a failli recracher une de ses céréales par le nez. Il a dû avaler une gorgée de jus de fruits pour ne pas s'étouffer en riant.

— Ohé, ça va, hein, lui ai-je dit alors que je prenais place sur la chaise en face de lui.

— Tu es très jolie, Virginia, m'a complimentée mamie Dotty.

— Merci.

— C'est pour un événement particulier à l'école, ma chérie ? a voulu savoir maman alors qu'elle posait un bol propre devant moi.

— Elle essaie de se fondre dans la masse, a commenté Rafe.

Même **MOI**, je ferais une meilleure princesse.

Bon, d'accord, je n'étais pas vraiment habillée comme ça. Mais je n'en revenais pas que Rafe ait deviné que ma tenue censée être méga décontractée me donnait en réalité l'air méga désespérée. *Je suis si facile à cerner ?*

— Ouais, a repris mon frère. Georgia va essayer de se faire passer pour une terrienne.

Je me suis détendue un peu. Bien sûr que
non, Rafe n'avait pas deviné. Il a déjà du mal à
comprendre comment fonctionne un rouleau de
papier toilette.

N'empêche, même sans qu'il le sache, il avait
raison. Je m'étais levée tôt pour choisir une tenue
proche de ce que Brittany et Bethany avaient
porté la veille (jupe, leggings, chaussures plates et
tunique) ainsi qu'une sacoche au lieu de mon sac à
dos. L'objectif, c'était de me couler dans le moule.

Naturellement, mon plan s'est déroulé sans
accroc. Ma cote de popularité est montée en flèche.

— Allez, avoue que tu t'es habillée dans le noir, ce matin, m'a suppliée Missy tandis que ses copines ricanaient. Bien essayé. Mais je suppose que tu es juste… (Elle a souri avec suffisance.) … super naze.

— Super nouille ! a répété Brittany d'une voix perçante avant de frapper dans la main de Bethany.

Ouais, eh bien toi t'es juste… euh… tu n'es rien qu'une grosse… euh…

Impossible de trouver la moindre réplique cinglante. Au lieu de ça, j'ai donc marché d'un pas lourd jusqu'à mon casier en m'efforçant de ne pas prêter attention aux autres élèves dans le couloir.

Le mieux, c'est d'éviter Missy par tous les moyens, ai-je conclu alors que je composais le code de mon cadenas. La plupart des élèves se sont dispersés à son arrivée dans le couloir. Sérieux, c'était comme le film Godzilla en plus effrayant. J'étais quasi persuadée qu'un jour Missy serait le premier dictateur des États-Unis.

Pas mon problème

Tandis que Missy et les B roulaient des hanches en passant devant mon casier, j'ai observé les autres élèves se tapir sur leur passage. On aurait dit que le Gang était muni d'une sorte de radar détectant les losers : d'un bout à l'autre du couloir, elles pouvaient repérer les exclus, les crétins ainsi que les élèves moins riches qu'elles. J'ai même aperçu des profs qui s'enfuyaient dans leurs classes pour éviter les Princesses et leurs rires méprisants.

J'ai refermé la porte de mon casier et me suis dirigée vers ma salle de cours… quand j'ai repéré Rhonda qui tournait à l'angle du couloir juste avant que Missy la repère.

Cette dernière, ricanant à un commentaire de Bethany, ne regardait pas où elle allait. Elle est rentrée en plein dans Rhonda qui est tombée sur les fesses tel un flan avec des sandales aux pieds. Sa pile de livres s'est répandue un peu partout. Son classeur s'est ouvert et les feuilles se sont envolées pour retomber dans une pluie de confettis.

— Fais gaffe, Bibendum ! a lancé Missy d'un ton sec.

Ses complices se sont esclaffées.

— T'es aveugle ou quoi ? est intervenue Brittany. Oh, attends un peu : je viens juste de remarquer tes vêtements. De toute évidence, la réponse est donc oui !

Les Princesses ont poursuivi leur route. Et moi, qu'ai-je fait ?

La même chose. Évidemment.

Hé, j'ai déjà assez de problèmes comme ça. J'ai un pari à gagner ! En plus, je ne me ferai jamais d'amis dans cette école si je passe mon temps à aider les gens comme Rhonda.

CHAPITRE 14

C'est probablement une erreur Georgiesque, mais...

En vérité, je n'ai pas réagi de cette façon.

J'ai aidé Rhonda à ramasser ses livres. Vous vous demandez pourquoi ? La réponse est simple.

Je suis une imbécile.

C'est assez évident, non ? Je suis censée faire amie-amie avec les Princesses, pas avec les gens qu'elles détestent. Je dois gagner mon pari.

— COMMENT TU T'APPELLES ? m'a demandé Rhonda dans un cri alors que je l'assistais pour qu'elle se remette debout.

Jamais je ne m'habituerai à sa voix de crécelle. Ses vêtements étaient encore plus loufoques que ceux de la veille. Tous les trucs qu'elle portait avaient un « R » dessus.

— Georgia, ai-je répondu en prenant un autre de ses livres par terre. Georgia Khatchadorian.

— C'EST SUPER BEAU ! s'est écriée Rhonda.

— Oh, merci.

Après un bref sourire, je suis partie en direction de ma classe.

Quelques instants plus tard, j'ai détecté un bruit de forte respiration dans mon dos.

— DIS, GEORGIA, TU HABITES PRÈS DU COLLÈGE ? m'a demandé Rhonda.

— Pas exactement, non. Je dois prendre le bus.

— J'ADORE LE BUS ! J'EN PRENDS UN, PARFOIS, POUR ALLER DANS LE CENTRE À MES COURS DE CHANT.

Je n'écoutais plus vraiment.

— Ça va. Y a pire.

Elle est censée aller dans la direction opposée,
non ? ai-je songé.

— T'AS DES FRÈRES ET DES SŒURS ? a-t-elle
poursuivi.

Elle plaisante, là ? Elle n'a jamais entendu parler de
Rafe ? Ouah, cette fille ne sort pas souvent de chez elle !

— J'ai un frère.

J'ai accéléré un peu mais Rhonda a gardé la
cadence. Je me demandais ce qui se passerait si
j'allais aux toilettes. Ou si un élève venait en sens
inverse.

— C'EST QUOI, TES PASSE-TEMPS, GEORGIA ?

Ouah ! Elle se prend pour ma mamie ou quoi ?

— Je fais partie d'un groupe.

— T'ES DANS UN GROUPE ???

Dans sa bouche, ça sonnait comme lorsque
les autres disaient « T'es la sœur de Rafe
Khatchadorian ? » Comme si elle était choquée.
Surprise. Voire, un peu terrifiée.

— Ouais. On… se débrouille.

Je m'apprêtais à terminer par « est nulles » quand
je me suis rendu compte que Rhonda ne verrait
jamais la différence.

— OH ! LÀ, LÀ ! QU'EST-CE QUE JE NE
DONNERAIS PAS POUR FAIRE PARTIE D'UN
GROUPE !

Rhonda tenait ses livres si serrés contre elle que
je redoutais qu'ils ne sautent au plafond.

— J'ADOOOOORE CHANTER !

J'ai éclaté de rire mais Rhonda a paru blessée et j'ai compris qu'elle était sincère.

— Tu… tu chantes ? Toi ?

— POURQUOI ? TON GROUPE A BESOIN D'UNE CHANTEUSE ?

Elle m'a agrippé le bras pour le serrer avec espoir. Et force. Aïe !

— Non, me suis-je empressée de préciser. Désolée.

— OH. (Elle a affiché une mine déconfite.) PARCE QUE JE SUIS VACHEMENT BONNE.

— Bon… C'est ma classe. Faut que j'y aille !

Et j'ai fini par me réfugier en cours d'éducation civique.

J'ai senti Rhonda me suivre des yeux depuis la porte tandis que je prenais place à mon bureau. Pourtant, je ne l'ai pas regardée, me contentant de fixer le tableau blanc jusqu'à la sonnerie, quand elle s'est finalement éclipsée.

Quelle boulette d'avoir été gentille avec elle !

Si je ne fais pas attention, elle va torpiller mon année…

Gagné !

Qu'avais-je fait ?

Quelque chose. Ça devait s'expliquer.

Était-ce parce que j'avais accepté de subir leur torture sans broncher ? Parce que j'ai laissé tomber le sac à dos Petit Poney ? Parce que je suis la sœur d'une légende vivante du collège de Hills Village, Premier Prix de rébellion, qui va maintenant dans une école d'arts super branchée ?

Aucune de ces raisons ne semblait tenir la route pour justifier mon sort. Seulement, je savais une chose : Missy Trillin m'avait proposé de déjeuner avec elle et les Princesses.

Il doit y avoir une explication logique, ai-je pensé. Sauf que je ne voyais vraiment pas laquelle. Voici ce qui s'est passé :

Bon, d'accord, c'était plutôt comme ça :

Ah, ah, ah, Rafe ! Je suis déjà en train de gagner !
Soit, elles voulaient peut-être simplement que je leur apporte des biscuits. Pour aujourd'hui. Et si demain, elles réclamaient de la tarte ? Au bout d'un temps, je finirais sûrement par faire partie de leur bande. La quatrième princesse du Gang.

J'ai acheté trois énormes biscuits fourrés de M&M's pour Missy et les B. La cafétéria du collège sert des portions de « viande mystère » mais les desserts ne sont pas mauvais.

Dans la cour, je me suis assise sur un banc en me demandant pourquoi il n'y avait pas davantage d'élèves qui mangeaient dehors. Il faisait beau : un grand ciel bleu avec seulement quelques nuages floconneux. J'ai patienté quelques minutes puis j'ai commencé à avoir faim et j'ai donc entamé mon sandwich. Ensuite, j'ai encore attendu.

Et attendu.

— Excuse-moi ? m'a interpellée quelqu'un. (C'était un garçon plutôt mignon, aux cheveux blond-roux.) Eum, hé… (Il a jeté un regard furtif par-dessus son épaule avant de s'engouffrer dans la cafétéria.) Tu n'as rien à faire ici.

— Si. Je dois retrouver des copines.

— On n'a pas le droit d'être ici.

— Quoi ?

Je me suis tournée vers les fenêtres de la cafétéria.

— Oh, ai-je simplement dit.

J'avais l'impression que je venais d'avaler une botte qui pesait sur mon estomac telle une brique.

— Ça va ? m'a demandé le blond. On dirait que tu viens d'avaler une botte.

Tout à coup, les portes de la cafétéria se sont ouvertes à la volée. Alors, dans un nuage de poussière, Mme Stricker, la sous-directrice du collège, est apparue.

Et elle s'est dirigée droit sur nous.

CHAPITRE 16

Mme Stricker m'adore

Mme Stricker a foncé sur moi. J'ai senti la terreur m'envahir quand je me suis souvenue que j'avais des biscuits !

— Un biscuit, ça vous dit, Mme Stricker ? lui ai-je proposé de ma voix la plus douce. Il est fourré aux M&M's.

J'ai pris le plus grand de l'assiette et le lui ai tendu.

Mme Stricker s'est figée net, puis elle a souri.

— Georgia Khatchadorian, c'est toi, n'est-ce pas ? a-t-elle demandé avec une étonnante gentillesse.

J'ai pointé le garçon du doigt.

— Il vient juste de m'apprendre que je n'ai pas le droit d'être ici. Je suis désolée : je ne savais pas. Je m'excuse d'avoir enfreint le règlement.

Mme Stricker a éclaté de rire.

— Oh, Georgia, ne dis pas de bêtises. Je suis juste venue te souhaiter la bienvenue au collège de Hills Village.

— Ouah ! a soufflé le blond en me fixant avec des yeux écarquillés. Tu es comme le Jedi ? Capable de contrôler les pensées ?

Impressionné, le blondinet est.

— C'est le biscuit, lui ai-je expliqué dans un murmure.

Je me demande bien ce qu'ils ont mis dedans.

— J'ai examiné ton dossier scolaire, Georgia,
a repris Mme Stricker, et je sais que tu es bonne
élève. Tu as même remporté le Certificat de la
meilleure progression en CE2. Je pense que tu as
gagné le droit de manger où bon te semble.

Je dois admettre que j'étais bluffée. Rafe avait
toujours présenté Mme Stricker comme une vilaine
sorcière.

— Je constate qu'il te reste deux biscuits. (Elle a
indiqué de la tête l'assiette posée sur le banc près
de moi.) Tu attendais quelqu'un, Georgia ?

— Oh non, ai-je menti. C'est juste... que j'aime
bien partager mes biscuits.

J'en ai offert un au garçon blond.

— Hum. (Mme Stricker a louché en direction
de la fenêtre de la cafétéria à l'endroit où Missy
et les B s'étaient réfugiées sous une table.) Je sais
exactement ce par quoi tu passes, très chère. S'il y a
quoi que ce soit que je puisse faire pour toi, Georgia
– n'importe quoi –, viens me voir à mon bureau,
surtout ne te gêne pas. (Elle s'est penchée vers moi
pour me chuchoter :) Moi aussi, j'aime distribuer
des biscuits.

Alors, elle m'a fait un clin d'œil.

Mme Stricker m'adore...
c'est de l'ironie !

Vous avez gobé toute cette histoire ? Probablement pas, hein ? Aussitôt sortie de cette petite rêverie éveillée, j'ai découvert qu'une fois de plus – horreur, malheur ! – Rafe avait raison.

Laissez-moi simplement clarifier quelque chose : Mme Stricker n'est pas aussi douce et sucrée qu'un biscuit aux M&M's. Son quotient de douceur atteint à peu près celui d'une crotte de caniche.

Voici, dans les grandes lignes, comment les choses se sont réellement passées :

Je me remettais tout juste de mon humiliation lorsque Mme Stricker est entrée dans la cour en furie.

— Tu n'as rien à faire dehors ! a-t-elle hurlé.

— Un biscuit, ça vous dit ?

— Comment oses-tu soudoyer un membre du personnel de direction de l'établissement ?

Je m'attendais à ce qu'elle enfourche son balai avant de s'envoler mais au lieu de cela, elle a rugi :

— Je sais qui tu es, mademoiselle la sœur de Rafe Khatchadorian ! Tu as enfreint le règlement : ça, c'est la retenue automatique sans passer par la case départ !

— Excusez-moi, est intervenu le blond, mais elle n'était pas au cou…

Mme Stricker s'est tournée vers lui.

— Même punition pour toi, le blondinet : une colle gratuite ! Il est strictement interdit de couvrir un Khatchadorian pendant mon tour de garde !

CHAPITRE 18

« Il n'y a que la première heure de colle qui coûte » RAFE K.

Je suis collée. Moi, Georgia Khatchadorian, élève modèle ayant remporté le Certificat de la meilleure progression en CE2, suis collée.

Cela ne tenait pas debout. Même une fois à ma place pour le cours de Mlle Donatello, je me demandais quel genre de supplice m'attendait. J'entendais d'ici Rafe...

À bien y réfléchir, il serait probablement *fier*. Han !

Mlle Donatello, assise à son bureau, nous jaugeait, Sam Marks (Sam, c'est le blondinet qui a essayé de m'aider) et moi. Rafe l'avait baptisée la Femme Dragon et c'est vrai qu'elle avait un petit côté dragon, je dois dire. Elle paraissait à la fois intelligente et intimidante. Néanmoins, toujours d'après Rafe, elle est gentille.

Je la classerais quelque part entre *Eragon* et... disons, *Puff le Dragon magique.*

| Danger ! Très chaud ! | Grillé à souhait | Tout simplement adorable |

Mlle Donatello a entrelacé ses doigts et m'a fixée droit dans les yeux.

— Georgia Khatchadorian... (Elle a légèrement incliné le buste vers l'avant.) Tu es la sœur de Rafe Khatchadorian ?

Incroyable. Il n'y avait même pas de point d'exclamation à la fin de sa phrase.

— Oui, ai-je confirmé avant d'ajouter sans réfléchir ni me l'expliquer : Rafe vous passe le bonjour.

Mlle Donatello a souri.

— Dis-lui bonjour de ma part. Si j'ai bien compris, tu es tellement brillante que tu as sauté une classe ?

J'ai senti mes joues rougir et lancé un regard en biais à Sam qui pourtant ne semblait pas impressionné.

— Ouais, ai-je confirmé avant de laisser échapper une sorte de grognement gêné qui m'a donné l'air encore plus niaise.

— Es-tu une artiste, toi aussi ? m'a interrogée Mlle Donatello.

— Euh, j'aime bien dessiner.

J'ai ouvert un de mes carnets pour lui montrer une de mes créations. Comme par hasard, c'est tombé sur un portrait de Rafe : Rafe sous l'apparence d'une tache géante essayant de me dévorer tandis que je me défends avec une épée et un bouclier.

Mlle Donatello a émis un petit bruit comme si elle essayait de ne pas éternuer.

— Je constate que ton imagination est fertile, Georgia. (Elle s'efforçait de ne pas sourire mais je n'étais pas dupe.) Sam aussi a l'imagination fertile.

— Je suis plus doué pour ce qui est d'écrire, a-t-il admis. Le dessin, ce n'est pas mon fort.

Ses oreilles ont viré au rouge.

J'aurais voulu lui demander sur quoi il aimait écrire mais la porte s'est ouverte en grand au même moment. Des flammes ont envahi la pièce puis une créature hideuse a rampé jusqu'au bureau de Mlle Donatello.

L'ULTIME FACE-À-FACE IMAGINAIRE ENTRE LA CRÉATURE ET LA PROF

— Je vois que vous maîtrisez les auteurs de délit, a dit Mme Stricker.

— Les élèves sont arrivés juste à l'heure, a répondu Mlle Donatello.

Je découvrais peu à peu sa facette de dragonne cachée : la sous-directrice ne l'impressionnait pas le moins du monde.

— Bien, a approuvé sèchement Mme Stricker.
Je vais prendre le relais.

— En général, c'est moi qui gère les heures de
colle, Mme Stricker.

— Pas lorsqu'il y a un Khatchadorian impliqué,
a grondé la sous-directrice. J'ai des projets pour ces
deux spécimens.

Elle a brandi un objet qui rappelait un truc à
mi-chemin entre le couteau à beurre et le burin.

— Ils n'ont qu'à gratter ces bureaux pour enlever
les chewing-gums, a décrété Mme Stricker, un
sourire aux lèvres.

Ça lui donnait l'air encore plus effrayant
qu'avant.

La Femme Dragon a soufflé un nuage de fumée. Je devinais qu'elle aurait voulu refuser mais ne le pouvait pas. Elle avait perdu cette partie.

Ainsi, je me suis donc retrouvée en retenue, Mme Stricker debout près de moi, m'observant alors que j'enlevais des chewing-gums fossilisés du dessous de bureaux incrustés de crottes de nez.

Je vous pose la question : la vie est-elle juste ?

Ma réponse : Nan.

Je suis bonne élève. Je travaille dur. J'essaie de respecter les règles.

Rafe est mauvais élève. Il a tenté d'enfreindre l'un après l'autre tous les points du règlement et pourtant, en heure de colle, Rafe dessinait et papotait avec Mlle Donatello. Je parie qu'elle apportait même des beignets.

Si jamais je voulais sortir d'ici, il allait falloir que je prouve à Mme Stricker que je n'étais pas de la graine de délinquant comme Rafe. J'allais donc devoir décoller de ces bureaux jusqu'au dernier chewing-gum en un temps record...

D'ailleurs, cela n'a pas été si difficile de les arracher un à un à partir du moment où j'ai imaginé qu'il s'agissait de la tête de Rafe...

CHAPITRE 19

Une journée à l'usine de collège

On avait terminé la moitié des bureaux lorsque la secrétaire de l'école est venue chercher Mme Stricker. Son mari était au téléphone. Étonnamment, la sous-directrice a tout laissé tomber pour aller lui parler. Plus étonnant encore, quelqu'un l'a épousée de son plein gré.

— Continuez à gratter, tous les deux, a commandé la sous-directrice. Je vais revenir voir où vous en êtes.

Elle a planté ses yeux dans les miens puis elle a ondulé hors de la salle.

— Qu'as-tu fait pour que Stricker t'aime autant ? m'a chuchoté Sam après son départ.

— Il y a erreur sur la personne, lui ai-je expliqué.

— Ben voyons.

Sam a souri jusqu'aux oreilles comme s'il pensait que je plaisantais.

— Non, sérieusement. Mon frère, Rafe, a été collé très souvent. Donc elle croit que je suis pareille.

Sam a levé les yeux au ciel.

— N'importe quoi.

Il a donné un coup de burin à un bout de chewing-gum fossilisé.

— Ça marche comme ça ici. Ils traitent tous les élèves de la même façon : en supposant que ce sont des délinquants en puissance.

Rafe renouant avec son côté chimpanzé.

Eh oui, Rafe dort avec un ours en peluche.

Rafe le délinquant

— Tous les élèves sauf le Gang des Princesses, ai-je rectifié.

— Qui ?

— Oh, c'est le nom que j'ai donné à Missy Trillin et ses copines.

Sam a éclaté de rire.

— Je les appelle les Gruyères.

— Pourquoi ?

— Ben, parce qu'elles sont vides... Pleines de trous.

— N'empêche, ce sont elles qui font la loi, ici.

— Ouais, Stricker voudrait probablement qu'on soit tous comme elles.

— Elle les clonerait si elle pouvait, j'en suis certaine. (Je me suis acharnée sur un énième morceau de chewing-gum mais il était indécollable.) La vie serait tellement plus facile si je me coulais dans le moule, ai-je reconnu.

Sam a haussé les épaules.

— Plus facile d'un certain côté, mais plus compliquée de l'autre.

— Comment ça ?

— Se couler dans le moule demande beaucoup de temps. Et d'efforts. Il faut multiplier les tentatives et même alors, ce n'est pas garanti d'aboutir. (Nouveau haussement d'épaules.) Alors, pourquoi se donner la peine ?

Je l'ai considéré avec stupéfaction. Comment faisait-il pour analyser aussi bien les situations ? Sam portait un jean et un polo de rugby. Ses cheveux étaient assez longs et ébouriffés ; lorsqu'il souriait, ses fossettes creusaient profondément ses joues. Il avait l'air d'un garçon capable de s'adapter partout.

Il m'a souri et je lui ai rendu son sourire.

C'est alors que j'ai compris : cette heure de colle avec Sam Marks était la meilleure chose qui me soit arrivée depuis mon entrée au collège.

CHAPITRE 20

Tous les groupes ont besoin d'une groupie

On *improvisait* ! Ma colle était terminée et avec Les Géniales, on délirait dans le garage. On devait faire un vacarme infernal car tous les chiens du voisinage venaient mener leur petite enquête avant de se mettre à hurler en chœur. On aurait fait un malheur si on s'était fait embaucher pour jouer au zoo. Il paraît que la musique adoucit les mœurs... sauvages, pas vrai ?

— C'ÉTAIT SENSAS' ! s'est écriée Rhonda de sa voix haut perchée dès la fin du morceau. JE PEUX CHANTER AVEC VOUS, LES FILLES ?

Eh oui, Rhonda était là. Debout, devant le garage, elle m'attendait à mon retour de colle. En effet, l'après-midi, quand on jouait à notre incontournable Trivial Pursuit édition spéciale Rhonda, j'avais dû mentionner que je répétais le jour même. Le plus drôle, c'est que je ne me souvenais pas lui avoir proposé d'assister à la répétition. C'est vous qui l'avez invitée ?

Non ? Bizarre, ça ne m'étonne pas.

Bref, elle était donc là. Et elle voulait chanter.

Mari me toisait sous ses sourcils arqués, l'air de dire « C'est ta copine ? Qu'est-ce qui te prend ? »

Rhonda imitait de son mieux la bouille d'un chiot suppliant son maître pour avoir un os. Je jure qu'elle avait les larmes aux yeux.

— Euh, Rhonda, il faut vraiment qu'on répète, ai-je expliqué.

Elle a hoché la tête.

— D'ACCORD. PEUT-ÊTRE TOUT À L'HEURE ALORS.

— Reprenons la dernière, a suggéré Patti. J'ai l'impression qu'on s'améliore.

On a entamé le morceau. J'ai donné tout ce que j'avais et je crois que la moitié des notes au moins, cette fois, étaient justes. J'ai appris à jouer toute seule trois accords à la guitare : sol, do et ré. Visiblement, on peut les replacer partout.

Le rendu devait être meilleur, en effet, car
Rhonda s'est mise à danser. Enfin, je crois qu'elle
dansait.

QUELLE EST LA BONNE DESCRIPTION ?

a) Rhonda qui danse   b) Rhonda
électrocutée   c) Rhonda imitant
un poulet

— JE PEUX CHANTER AVEC VOUS
MAINTENANT ? a insisté Rhonda à la fin de la
chanson.

— Euh, ouais, évidemment Rhonda... a
commencé Nanci mais je l'ai foudroyée du regard en
secouant la tête et elle s'est tue aussitôt.

— Rhonda, c'est pas un bar karaoké ici, ai-je
justifié alors que la porte entre la maison et le
garage s'ouvrait largement pour laisser apparaître
mon frère, les doigts enfoncés dans les oreilles.

— C'est clair : au karaoké, au moins, on peut dire
que c'est de la musique, a commenté Rafe.

Je m'apprêtais à lui ordonner de dégager lorsque Rhonda s'est mise à rigoler. Je ne savais plus lequel étrangler en premier.

— Fiche le camp ! ai-je crié à mon frère.

Nanci a soupiré alors qu'il nous saluait de la main, un sourire aux lèvres, avant de franchir la porte en sens inverse.

— C'est vrai qu'on est plutôt nulles, a-t-elle admis.

— Je ne crois pas qu'on devrait s'inscrire à la Bataille du Rock, a déclaré Mari.

— Ouais, on va se ridiculiser, ni plus ni moins, si on joue à la soirée de ton école, Georgia, est intervenue Patti.

— VOUS RIGOLEZ ? VOUS ÊTES GÉNIALES,
LES FILLES ! s'est exclamée Rhonda. IL FAUT
ABSOLUMENT QUE VOUS JOUIEZ À LA SOIRÉE !

Notre seule groupie, ai-je songé en observant
Rhonda qui, les mains jointes, nous suppliait.
Pour un peu, je lui aurais pardonné d'avoir ri de la
blague de Rafe. (C'était une blague, pas vrai ?)

— L'année prochaine, ai-je proposé. On n'est pas
encore prêtes. Dans un an, par contre...

Mari, Nanci et Patti ont échangé des regards et
approuvé d'un signe de tête.

— L'année prochaine, on va déchirer !

J'espère, ai-je ajouté, mais pas tout haut.

Rafe se fait hurler dessus

Maman était de retour à la maison pour le dîner ce soir-là, ce qui signifiait que le repas serait a) mangeable b) pas mon problème. Je pouvais donc me détendre un peu.

J'ai commencé à chercher mon exemplaire de *La Voleuse de livres* mais il était introuvable. Je suis revenue sur mes pas jusqu'au salon où Rafe était allongé sur le canapé.

— Rafe, tu n'as pas vu mon bouquin ? *La Voleuse de livres* ?

— Nan.

— C'est quoi dans ta main ?

— Ça ? (Rafe a brusquement refermé le livre qu'il tenait et considéré la couverture en fronçant les sourcils.) *La Voleuse de livres*.

Il a repris sa lecture.

Sa lecture ! Et puis quoi encore ? Rafe déteste lire !

J'ai planté une main sur ma hanche et tendu l'autre.

— Donne.

— Tu sais ce qui me plaît dans ce bouquin ? a demandé Rafe sur un ton plein de décontraction.

— Non…

— Rends-le-moi ! (Je lui ai arraché le livre des mains.) Maman !

J'ai entendu mon frère ricaner alors que je déboulais dans la cuisine en rage.

— Qu'y a-t-il, ma puce ?

Maman a levé les yeux des carottes qu'elle coupait ; elle avait l'air fatiguée.

— Rafe m'a piqué mon livre, ai-je rapporté.

— Rafe ? (Le visage de ma mère s'est éclairé d'un sourire.) Il voulait lire ton livre ?

Argh… c'est mal parti, ai-je songé. J'ai décidé de changer de tactique.

— Rafe a un stock de six mois environ de vieux chewing-gums collés partout dans sa chambre.

— Quoi ?

Maman a posé le couteau.

— Rafe collectionne les vieux chewing-gums. Il en a même dans les toilettes !

Ça a marché.

— Rafe ! a crié maman en quittant la cuisine d'un pas lourd.

Pour un peu, j'aurais vu la fumée lui sortir des oreilles.

Ah, ah ! La vengeance est un plat qui se mange froid. Ou, dans le cas de Rafe, un plat qui colle aux dents.

CHAPITRE 22

Ma mère, mon pire cauchemar

La mauvaise nouvelle, c'est que ma mère n'aime pas quand je crie sur Rafe mais parfois, c'est plus fort que moi. Donc, après avoir réglé ses comptes avec mon frère, elle m'a envoyée dans ma chambre.

Pas étonnant.

La bonne nouvelle : de ma chambre, on entend tout ce qui se passe dans celle de Rafe et je n'ai donc pas perdu une miette du savon que maman a passé à mon frère. En plus... j'avais du pop-corn !

C'est grave que ce soit mon moment préféré de la journée ?

C'est mieux que la téléréalité !

Ouah ! Maman a vraiment passé au peigne fin la collection de vieux chewing-gums de Rafe. Elle a même trouvé celui que j'avais caché dans son tiroir à chaussettes.

Rafe était furieux, évidemment. Il a nié que le chewing-gum était à lui, ce qui a encore plus énervé maman.

J'ai trouvé ça marrant le temps que ça a duré – malheureusement, pas plus de sept minutes. Après, ma mère est venue dans ma chambre.

J'ai planqué le pop-corn sous mon lit juste au moment où elle ouvrait la porte pour la refermer délicatement derrière elle. Ensuite, elle a pris une profonde inspiration, à la limite du soupir, puis elle a posé son regard sur moi.

— J'ai reçu un appel du collège tout à l'heure.

— Oh. (J'avais l'impression que mes vêtements venaient de geler sur moi : j'étais glacée jusqu'aux os.) À propos de quoi ?

— De ton heure de colle.

— J'allais t'en parler… (Elle a levé une main et j'ai pincé les lèvres.) Désolée, ai-je murmuré.

Maman, après s'être assise au pied de mon lit, a passé les doigts dans ses cheveux blonds.

— Georgia, tu sais que Rafe a commis beaucoup d'erreurs à Hills Village, n'est-ce pas ?

Ce n'était pas des erreurs.

— Je ne suis pas comme lui, me suis-je empressée de me défendre.

— Je ne veux simplement pas que tu traverses les mêmes épreuves que ton frère.

Les yeux de ma mère se sont voilés de larmes et je me suis sentie affreuse. C'est pire que de se faire crier dessus, me suis-je rendu compte. J'ai toujours essayé d'être l'enfant qui ne donnait pas de souci à maman. J'aurais tout donné pour échanger ma place avec Rafe à cet instant. Je préférais que ma mère soit fâchée contre moi que de la décevoir.

Rafe se mettait à lire des livres et je faisais pleurer ma mère à cause d'une retenue ? Sur quelle planète avais-je atterri ?

— Je ne me ferai plus jamais coller, lui ai-je promis. C'est vrai.

— Je suis ravie de l'entendre, ma puce, a-t-elle dit en me serrant la main.

Je jure que jamais je n'aurais cru manquer à ma parole aussi vite.

CHAPITRE 23

Pas facile d'être verte

J'ai resserré la serviette sur ma tête et froncé les sourcils devant la tenue que je venais d'étaler sur mon lit. *Qu'est-ce qui est le moins risqué ?* me suis-je demandé. *Le jean ou le legging ?*

J'ai opté pour le jean et un tee-shirt rouge uni sans logo. *Inutile d'apporter de l'eau au moulin des Princesses pour qu'elles s'en prennent à moi,* ai-je décidé.

PAS COOL

CHAUSSETTES
FUNKY :
TROP FLASHY

ÉCHARPE IMPRIMÉE :
TROP FILLE À PAPA
QUI VA DANS UNE
ÉCOLE PRIVÉE

CHAUSSURES
À SEMELLES
COMPENSÉES :
TROP SUJET
À CONTROVERSE

COOL

DÉO SANS PARFUM

CAPE D'INVISIBILITÉ

J'ai enfilé ma tenue « sans risque » et trouvé une paire de chaussettes marron. J'ai chaussé des bottines noires puis le moment est venu de me sécher les cheveux.

Pas de tresses, ai-je décidé. *Ni de gel. Tout simple.*

J'ai retiré la serviette.

AÏEE EEE EEE EEE EEE EEE!

EEE EEE EEEE EEEE!

MES CHEVEUX SONT VERTS !

— Rafe ! me suis-je égosillée en dévalant tout l'escalier dans un seul bond ou presque. Ça y est ! J'en ai assez ! Assez !

Rafe a éclaté de rire. Maman est venue s'interposer entre nous, heureusement... pour Rafe.

— Oh, des cheveux verts ! a constaté mamie Dotty sur un ton joyeux. Tu oses, dis donc, Georgia ! J'adore le style rockeur punk !

— Rafe, c'est toi le responsable ? a voulu savoir maman.

— Tout à fait, a-t-il confirmé entre deux gloussements.

— Je vais t'enfoncer ta cuillère de céréales dans le nez jusqu'au cerveau ! ai-je hurlé à mon frère.

Ma chevelure mouillée verte et ratatinée me coulait sur les yeux.

— C'est réussi ! a fanfaronné Rafe. On dirait que tu as des algues sur la tête !

— Qu'est-ce qui t'a pris de faire une chose pareille ? l'a interrogé maman.

— Georgia sait pourquoi, a-t-il rétorqué.

Il m'a décoché un sourire de triomphe méchant.

— C'est grave, Rafe, a insisté maman.

Une expression coupable a marqué le visage de mon frère. Il n'aimait pas la décevoir non plus.

— Ça va partir... au bout de quelque temps, a-t-il assuré.

— Combien ?

— Une semaine !

— Maman ! ai-je vociféré.

— Rafe, je n'ai pas le temps de m'occuper de toi ce matin mais tu seras puni plus tard pour ça. (Elle s'est tournée vers moi et elle a posé une main pleine de douceur sur mon épaule.) Georgia, et si tu portais un chapeau ?

— Pourquoi pas un sac en papier ? a suggéré Rafe.

Maman lui a lancé un regard noir qui l'a fait taire sur-le-champ.

Pas de chapeau, ai-je décrété fermement.

— Je vais assumer, ai-je dit tout haut.

— Tu vas casser la casbah ! a crié mamie Dotty.

Aucune idée de ce que « casbah » signifiait mais j'avais pigé le message. L'opération « Se fondre dans la masse » venait de prendre fin. Il fallait que je me secoue et que je me prépare pour la suite, quelle qu'elle soit.

Le spectacle allait commencer !

Vive la coupe des Princesses !

De nombreux regards se sont tournés vers moi à la minute où je franchissais les portes d'entrée. Rien d'étonnant. Mamie Dotty s'était montrée si enthousiaste à propos de mon style « punk » qui « allait casser la casbah » que j'avais décidé que je ferais aussi bien d'en rajouter. Avant de quitter l'appartement, j'avais attaché mes cheveux avec une barrette à paillettes.

J'ai aperçu Rhonda devant son casier et j'ai donc baissé la tête avant de partir dans la direction opposée. Je ne voulais pas être méchante : c'est juste que je n'avais pas envie de répondre à dix milliards de questions à propos de mes cheveux. Seulement, la tête ainsi penchée vers l'avant, j'ai failli rentrer dans quelqu'un d'autre.

— Désolée, me suis-je excusée alors que je m'écartais pour ne pas heurter Sam Marks de plein fouet.

Il s'est figé net.

— Ouah ! s'est-il exclamé lorsqu'il a découvert que c'était moi.

Je suis devenue rouge pompier.

— Tu ressembles à... (Il a remué la tête.) À une feuille... recouverte de rosée à paillettes.

— Euh, merci.

Je ne m'attendais pas à recevoir un compliment – à supposer que c'en soit un – et ne savais donc pas trop comment réagir.

— T'as bonne mine, toi aussi, ai-je répliqué, ce qui n'avait aucun sens : il portait un simple tee-shirt sur un jean.

C'est alors que j'ai entendu la voix que j'attendais... et que je redoutais.

— Oh ! Mon ! Dieu ! s'est écriée Missy. Elle est passée du massicot aux algues !

Soit, même si je savais qu'on aurait dit que des pissenlits allaient me pousser dessus, la pique faisait quand même vachement mal, surtout de la part de Missy.

Je me suis ratatinée sur moi alors que les Princesses me cernaient.

— Maintenant, sa chevelure est assortie à son visage : aussi moche l'un que l'autre, a commenté Brittany.

— Et moi qui trouvais déjà sa coiffure d'avant monstrueuse, a confirmé Bethany.

— Ça suffit, les filles, a dit Sam, ce qui m'a encore plus gênée que les insultes des autres.

Je ne voulais pas qu'il soit témoin de cette conversation.

Missy s'est contentée de l'ignorer en pinçant les lèvres.

— Elle a des petits problèmes de cheveux aujourd'hui.

Est-ce qu'elles s'entraînent chez elles ?

Ensuite, Missy a affiché un petit sourire plein de suffisance. Je détestais ce sourire.

— Non seulement ses cheveux sont super moches, a-t-elle commenté de façon théâtrale, mais ils sont aussi plats.

Les autres Princesses ont éclaté de rire tandis que je ravalais mes larmes. Mes joues me brûlaient et mon sang bouillait dans tout mon corps comme de l'acide. J'avais la sensation d'être sur le point de me dissoudre.

— La ferme ! a crié Sam.

Missy l'a dévisagé. Je l'ai dévisagé. Je pense que *tout le collège* l'a dévisagé.

— Tu te crois meilleure que tout le monde, Missy, a repris Sam, alors que personne, à l'école, ne peut te piffrer !

Disons que ça ne s'est pas exactement passé comme ça. Mais plutôt comme ceci.

Missy a dégagé ses cheveux et dit :

— Oh, tu as entendu, Sam ? Un effet de tes super grandes oreilles, sûrement !

Sam a secoué la tête en la considérant avec l'air agacé d'une personne qui a un bout de papier toilette collé en permanence à la semelle de sa chaussure. Ensuite, il s'est tourné vers moi.

— Ça va ? m'a-t-il demandé gentiment.

J'ai essayé de répondre. J'ai vraiment essayé. J'ai ouvert la bouche, humecté mes lèvres mais aucun son n'est sorti. Étrangement, la gentillesse de Sam rendait la méchanceté des Princesses encore pire. Voire insupportable. Absolument insupportable.

Alors je suis partie en courant.

CHAPITRE 25

Je ne pleurais pas
à cause de mes cheveux

Ça m'était égal d'avoir les cheveux verts. Bon, d'accord, ça ne m'était pas complètement *égal*. Mais c'est surtout le reste que je ne supportais pas.

Vous êtes un peu perdus, pas vrai ? Ça se sent. OK, il y a peut-être un ou deux trucs que j'ai omis d'aborder dans ce livre. Je ne crois pas avoir mentionné que j'ai une jambe plus courte que l'autre par exemple. Je porte une chaussure orthopédique – ça aide un peu – mais je continue à légèrement boiter quand même.

Vous pigez ?

Tes cheveux sont **PLATS** !

T'as **AUCUNE** personnalité !

Pauvre **TACHE** !

C'est à mourir de rire, pas vrai ?

Et « clip-clop » ? C'était la façon dont les Princesses se moquaient du bruit que font mes pieds quand je marche clopin-clopant. Je suis un peu bancale.

Je dois avouer que j'ai pigé la blague du premier coup mais je ne voulais probablement pas avoir à l'expliquer. Vous comprenez, n'est-ce pas ? Ce n'est pas pour ça que je suis une menteuse.

(Quoi ? Rafe n'a jamais parlé de ma chaussure orthopédique non plus ? Han ! Intéressant…)

Personne, dans mon ancienne école, n'avait remarqué que je boitais légèrement. En tout cas, s'ils s'en étaient aperçus, tout le monde s'en fichait. Enfin, d'accord, de temps en temps, ça venait sur le tapis. Comme lorsqu'on faisait un relais, j'étais toujours choisie en dernier.

Mais c'était plutôt rare. La plupart du temps, je n'y pensais même pas. Les autres avaient l'habitude et ils m'acceptaient telle que je suis.

Le collège, en revanche, était une autre histoire. Plus j'essayais de me fondre dans la masse, plus je me faisais remarquer. C'est comme si j'étais un phénomène de foire que les autres ne pouvaient s'empêcher de dévisager gratuitement. *Entrée gratuite ! Venez voir la jambe de bois dans son habitat naturel ! Moquez-vous de ses cheveux ! Riez de ses vêtements ! Vous vous souvenez de son frère, le fou ?*

Donc, était-ce une surprise que je me retrouve enfermée dans les toilettes à pleurer ? (Je vous le dis, moi, le collège, c'est le royaume du glamour.) Je me suis mouchée dans une feuille de papier toilette et j'ai pris une grande inspiration en frissonnant.

J'envisage de rester dans ces toilettes pour toujours. Grâce à l'Internet sans fil, je n'ai pas vraiment de raison de ressortir.

CHAPITRE 26

Je suis suivie

– Ça va ?

Rhonda se tenait devant la rangée de lavabos, un rouleau de papier en main, lorsque j'ai finalement trouvé le courage de sortir des toilettes. Quelle surprise.

J'ai poussé un soupir qui ressemblait à un hoquet. Je n'arrivais pas à savoir si j'étais heureuse de la voir ou énervée qu'elle m'ait suivie jusqu'ici. Les deux, je suppose.

— Ça va, merci.

J'ai pris le rouleau de papier toilette et j'en ai détaché une demi-douzaine de feuilles. Mon nez coulait beaucoup.

Dans le miroir, j'ai jeté un œil à mon visage avant de l'asperger d'eau et de l'éponger grâce à du papier brun recyclé qui grattait. J'avais une mine affreuse. Cheveux verts, visage couvert de taches rouges... On aurait dit un personnage des Muppets.

Rhonda m'a donné une tape dans le dos juste avant que je me dirige vers la porte. Je préférais qu'elle me soutienne en silence. Malheureusement, le silence a pris fin à la seconde où on est sorties dans le couloir.

— J'ADORE TES CHEVEUX ! COMMENT TU AS EU L'IDÉE DE LES TEINDRE EN VERT ?

J'ai pouffé à sa question.

— C'était l'idée de mon frère.

C'était marrant comme les gens, à l'exception des Princesses, semblaient aimer mes cheveux verts. Rafe n'était peut-être pas si fou que ça finalement.

— TU COMPTES LES GARDER COMME ÇA ? a demandé Rhonda. TU DEVRAIS ! C'EST TROP BIEN POUR UNE STAR DE ROCK ! À MOINS

QUE TU ESSAIES D'AUTRES COULEURS ?
LE VIOLET, ÇA TE TENTE ?

La vitesse à laquelle Rhonda pensait à de nouvelles questions m'impressionnait. Elle n'avait même pas besoin d'attendre les réponses.

— C'EST TROP COOL QUE TU N'AIES PAS PEUR D'AVOIR DES CHEVEUX VERTS, a poursuivi avec entrain Rhonda. TOI ET MOI, ON SE RESSEMBLE VACHEMENT : ON N'A PAS PEUR D'ÊTRE DIFFÉRENTES, N'EST-CE PAS, GEORGIA ?

Rhonda parlait encore plus fort que d'habitude et plusieurs élèves nous ont dévisagées alors qu'on passait devant eux dans le couloir.

— Je n'essaie pas d'être différente, ai-je rétorqué vivement.

— TU ES JUSTE TOI ! a-t-elle insisté. ON EST QUI ON EST !

— Rhonda ! On n'est pas pareil, OK ? ai-je grogné sur un ton que je réservais en général à Rafe. Alors est-ce que tu pourrais arrêter de me suivre partout ?

Rhonda s'est figée sur place, les yeux mouillés de larmes.

Je suis vraiment épouvantable, ai-je songé. Engueuler Rhonda c'est comme engueuler un chiot qui ne peut s'empêcher de faire un truc.

— Pardon, Rhonda. C'est juste que je…

Son visage s'est illuminé.

— TU PASSES UNE MAUVAISE JOURNÉE !
a-t-elle terminé.

— Ouais. Une sale journée. Je ne voulais pas me
défouler sur toi.

— CE N'EST PAS GRAVE : ÇA ARRIVE À
TOUT LE MONDE. TU SAIS CE QUI M'EST
ARRIVÉ UNE FOIS ? J'AI MIS MA JUPE DANS
MA CULOTTE SANS FAIRE EXPRÈS ET…

Elle a continué à parler pendant tout le temps
qu'on remontait le couloir.

C'est ce que je disais : elle ne peut pas s'en
empêcher.

CHAPITRE 27

Au voleur de livres !

Miracle !

Je me suis assise en cours avec notre prof principal pendant quinze minutes et il ne s'est RIEN passé d'horrible.

M. Grank n'a même pas fait de commentaire à propos de mes cheveux ; d'ailleurs, je me suis demandé s'il n'était pas daltonien. Ça expliquerait ses goûts vestimentaires.

Ensuite, la cloche a sonné la première heure de cours. Le moment était venu que quelque chose de terrible se produise, non ? J'étais à un mètre de la porte lorsque Mini-Miller m'a pris le livre que je tenais sous le bras.

— T'as qu'à marcher plus vite, Jambe de Bois.

Il m'a servi son sourire débile.

— Tu sais lire, toi ?

Les larges épaules de Mini-Miller se sont soulevées.

— Alors qu'est-ce que tu comptes faire avec un exemplaire de *La Voleuse de livres* ? l'ai-je défié, mains sur les hanches.

Mini-Miller a pouffé.

— Ben je vais le vendre sur eBay, tiens.

Super. Mini-Miller va probablement devenir le prochain internaute millionnaire grâce à moi.

MILLIONNAIRES magazine

Comment réussir en écrasant les autres !

Rafe Khatchadorian et le grand banditisme

Échapper aux impôts : le B.A.-BA

En soupirant, j'ai regardé Mini-Miller s'éloigner dans le couloir au pas de course. Je n'en revenais pas que mon exemplaire de *La Voleuse de livres* ait été volé par un véritable voleur de livres. Cette journée ne pouvait pas être pire, si ?

Et si !

Parce que juste au moment où Mini-Miller tournait au coin, Mme Stricker est passée en trombe à côté de lui en se dirigeant dans le sens inverse... vers moi.

À la seconde où elle a vu mes cheveux, son visage s'est éclairé. De toute évidence, j'avais illuminé sa journée. Mais pas dans le bon sens du terme.

— Des cheveux verts, mademoiselle la sœur de Rafe Khatchadorian ? a-t-elle tempêté d'une voix montant haut dans les aigus. C'est une infraction à notre code vestimentaire ! Rendez-vous en retenue !

Là-dessus, elle a poursuivi sa course dans le couloir en distribuant un paquet d'exemplaires tout neufs du règlement du collège de Hills Village avec une joie malicieuse.

CHAPITRE 28

Mes six livres préférés de l'année (jusqu'à présent)

—Qui veut présenter sa fiche de lecture orale en premier ?

Avant même que ces mots aient passé les lèvres de M. Mahoney, ma main s'est dressée vivement dans les airs. Les profs sont toujours impressionnés quand vous démontrez de l'enthousiasme... et personnellement, je tenais à prouver que Rafe Khatchadorian et moi, ça faisait deux ! Mme Stricker pouvait me juger coupable de relation génétique, parmi mes autres profs, en revanche, aucun ne m'avait appelée « la sœur de Rafe » depuis plus d'une semaine. Lorsque j'aurais fini mon exposé de lecture, ce nom aurait disparu de toutes les mémoires... pour toujours.

— Quelqu'un d'autre souhaite-t-il passer en premier ? a demandé M. Mahoney. Personne ?

J'ai gardé la main en l'air et balayé des yeux la classe. Aucun autre élève n'avait bougé.

M. Mahoney a laissé échapper un gros soupir.

— Entendu, mademoiselle Khatchadorian. Vous pouvez y aller, a-t-il consenti.

J'ai emporté ma pile de livres (moins un) jusqu'au tableau et me suis éclairci la voix.

— Je sais qu'on est seulement censé faire une fiche de lecture sur un bouquin, ai-je commencé en souriant, mais je n'arrivais pas à en choisir un préféré seulement alors j'en ai sélectionné six...

— Vous n'en avez que cinq avec vous, a constaté
M. Mahoney.

— On m'en a volé un, ai-je expliqué. *La Voleuse
de livres*.

Le prof a froncé les sourcils.

— C'est une plaisanterie ? Vous essayez de jouer
à la plus maligne, mademoiselle Khatchadorian ?

— Euh, non, malheureusement.

Ça démarrait mal. J'ai décidé de changer de
tactique.

— J'aimerais commencer mon compte rendu en
récitant un poème du recueil *The Outsiders*. C'est
de Robert Frost.

Je me suis agenouillée avant d'écarter les bras
pour imiter les pétales d'une fleur.

— Le premier vert de la nature est de l'or, ai-je
cité. Sa teinte la plus dure à…

— Vous vous êtes teint les cheveux pour votre
exposé ? m'a interrompue M. Mahoney. Pour
illustrer cette poésie ?

— Euh, ouais ?

Plusieurs élèves ont ricané mais ça m'était égal.
Je préférais qu'il y ait des gens qui croient que
je m'étais teint les cheveux pour avoir une bonne
note en classe plutôt qu'il y en ait qui pensent
que j'étais la victime d'une farce. Ou que j'avais
fait ça pour être cool. Parce que ce n'était
clairement pas cool.

— J'en ai entendu assez, a décrété M. Mahoney.
Allez vous rasseoir.

— Quoi ?

J'ai cligné des yeux, surprise. *Il veut dire que
mon exposé est tellement génial que je n'ai pas
besoin de le terminer ?*

— Vous, les Khatchadorian, vous pensez que
vous pouvez tout tourner à la rigolade, a rugi
M. Mahoney avant de gribouiller un truc dans
son cahier. Je vous mets D.

Sur le coup, je suis restée paralysée. Il m'avait
mis D. *Jamais de toute ma vie, je n'étais descendue
plus bas que B+.*

— Asseyez-vous, je vous prie, mademoiselle
Khatchadorian, a-t-il répété.

— Mais vous n'avez même pas écouté mon
compte rendu de lecture ?

— A-ssi-se.

Je n'avais pas le choix. Mes livres sous le bras,
j'ai donc regagné ma place.

En tentant d'effacer le nom de Rafe de toutes
les mémoires, j'avais simplement réussi à le graver
plus profondément dans la pierre. Par miracle, j'ai
réussi à ne pas pleurer. C'était bien la seule chose
positive de la matinée.

La vérité sur Jeanne Galletta

Après l'école, Mme Stricker m'a envoyée en colle
à la cafétéria où M. Adell, le concierge, m'attendait
avec un seau plein de microbes et une éponge.

— Tu dois nettoyer les tables.

Il m'a tendu l'éponge.

— Qu'est-ce qu'il y a là-dedans ? ai-je voulu
savoir, les yeux sur le seau.

— De l'eau et du désinfectant.

Je détectais une autre odeur mais je devais
m'en remettre à sa parole. Je me suis attaquée à
la première des tables. Elles étaient encore plus
dégoûtantes que les bureaux. Vous saviez que le
ketchup colle à une table aussi fort que de la colle ?
Et qu'un milk-shake renversé se transforme en

gelée collante ? Ou que le lait au chocolat devient
solide au bout d'une journée hors du frigo ? Non ?
Moi non plus !

J'en apprenais des choses ! Fascinant !

Qu'y avait-il de pire que de passer du temps avec
des microbes ?

Passer du temps avec des microbes sous le
regard de Missy Trillin. Elle et ses acolytes étaient
assises dans un coin de la cafétéria à préparer
la soirée de l'école. Elles écoutaient une élève
de quatrième présenter ses idées en matière de
décorations et de rafraîchissements. En entendant
Missy prononcer le nom de la fille la plus âgée, je
me suis figée net.

Lorsque Rafe était à ce collège, il avait un
ami imaginaire. Évidemment, je veux parler de
Jeanne Galletta. Qui d'autre ? Oh mais oui, elle
est réelle : d'ailleurs, elle était assise près de
Missy à cet instant précis. Mais je ne crois pas
que Rafe et elle aient jamais vraiment été amis.
Je sais, en revanche, que mon frère aurait bien
aimé le devenir. Il répétait tout le temps que
Jeanne était super gentille et douce et intelligente
et travailleuse et bien habillée (comme s'il y
connaissait quelque chose). J'avais imaginé que je
repérerais Jeanne dès la rentrée, descendant du
plafond dans sa robe blanche à volants, en pinçant
les cordes de sa harpe, parée d'un halo lumineux.

Alors qu'en fait, visiblement, Jeanne est une élève de quatrième comme les autres parce que jamais je ne l'aurais remarquée.

Jeanne, assise, s'adressait aux Princesses comme s'il s'agissait de filles normales. *Elles sont peut-être amies avec elle*, ai-je songé en nettoyant une table tout au bout de la cafétéria, dans un coin. Missy a dit quelque chose et les autres – y compris Jeanne – ont rigolé. *C'est de moi qu'elles rigolent ? Même Jeanne la perfection incarnée a une dent contre moi maintenant ?*

Je suis allée trouver M. Adell.

— J'ai fini.

Je lui ai rendu le seau.

— Tu as nettoyé celle-là ?

Il a pointé du doigt la table à laquelle étaient assises les Princesses. Je sentais leurs regards de défi me transpercer depuis l'extrémité opposée de la cafétéria.

Mon estomac s'est soulevé avant de se nouer.

Le concierge a haussé les épaules.

— Alors tu n'as pas terminé.

J'ai dégluti. *Cette heure de colle est cruelle : c'est anormal comme punition,* ai-je songé en me traînant jusqu'à la table des Princesses.

— Qu'est-ce que tu veux ? a rugi Missy.

— Je suis censée laver votre table.

J'ai levé le seau afin d'illustrer mon propos.

— Pouah ! a-t-elle répondu. C'est quoi, ce truc ? Ton shampooing ?

Brittany et Bethany ont hurlé de rire comme s'il s'agissait de la meilleure blague de toute l'Histoire de l'Humanité. Même Jeanne riait.

Elle riait ! *Où est passé ton ange, Rafe ?* J'aurais dû savoir qu'il avait des goûts de crotte en matière de filles.

— J'aime tes cheveux verts, a dit Jeanne.

Missy a souri avec suffisance.

— Ouais, c'est vachement bon pour l'environnement.

— Le style « alien » est super à la mode, a ajouté Brittany.

— Heureusement que tu es là pour montrer l'exemple, a renchéri Bethany.

Missy lui a tapé dans la main.

Super. Maintenant, le Gang comptait quatre princesses au lieu de trois.

— Je peux juste nettoyer cette table ? ai-je conclu sèchement.

— On va s'installer ailleurs. (Jeanne a commencé à rassembler ses affaires.) Allons nous asseoir là-bas. (Elle a indiqué une table près de la fenêtre.) On n'a plus qu'à parler de la Bataille du Rock.

Les membres du mini comité ont échangé des regards entre elles avant de prendre leurs affaires pour la suivre. Je suppose que même Missy n'osait pas s'opposer à Jeanne.

Y a-t-il une nouvelle reine du collège ?

Dos à elles, j'ai essuyé la dernière table. *Qu'est-ce qui avait bien pu plaire à Rafe chez Jeanne ? Elle ne vaut pas mieux que les autres : sous cette chevelure bouffante, il y a un puits sans fond de méchanceté.*

CHAPITRE 30

La torture du Général Rafe

Impossible de laisser passer le coup des cheveux verts. Je devais me venger.

Je sais ce que vous vous dites : « Ouah, Georgia est dure avec Rafe, dis donc. » Ouais, c'est vrai. Mais il faut que vous compreniez quelque chose ; *il a gâché ma vie.* Avant, j'adorais l'école. J'ai toujours été bonne. Et maintenant, c'est *horrible.* Et tout ça, c'est la faute de Rafe.

En plus, c'est mon frère, alors je ne peux pas m'en dépêtrer… En contrepartie, il ne peut pas se débarrasser de moi non plus. Et je comptais bien le faire payer. J'ai frotté mes mains l'une contre l'autre à la manière d'un savant fou. (Hé, j'ai déjà la bonne coiffure.)

Lorsque je suis arrivée dans la cuisine, Rafe était déjà sur place, en train de boire du lait au goulot. Franchement ? C'est pas fini de boire comme un cochon ?!

Note mentale
de
Georgia
Khatchadorian

RAPPEL :
Ne plus jamais
boire de lait.

Je me suis retenue d'émettre le moindre commentaire et j'ai choisi une pomme dans la coupe à fruits.

— Hé, tu as reçu un appel tout à l'heure, ai-je dit comme si je venais de m'en souvenir.

Rafe a affiché une mine perplexe, à l'instar de quelqu'un à qui on a posé une charade.

— Qui ?

— Euh… attends… Elle m'a dit son nom mais j'ai oublié…

J'ai mordu dans ma pomme en faisant semblant de me creuser les méninges.

GNIAF GNIAF
GNIAF
Gros nigaud !

Les yeux de Rafe sont sortis de ses orbites quand j'ai prononcé le mot « elle ».

— Quelqu'un qui va à Airbrook ?

— Non… C'était une élève d'Hills Village, ai-je répondu. Et qui te connaît d'avant.

— Jeanne Galletta ?

J'ai claqué des doigts.

— C'est ça. Désolée de ne pas l'avoir écrit. Elle a dit que tu avais son numéro ?

Rafe a paru surexcité, comme si je lui avais annoncé que le Père Noël existait vraiment et qu'il venait dîner chez nous.

Il a pris le combiné accroché au mur et a commencé à composer le numéro. *Il connaît son numéro par cœur ?* Je crois qu'il ne se rendait même pas compte de la taille de son sourire. Je n'avais pas vu mon frère aussi heureux depuis des semaines.

C'est là que je me suis aperçue que ma blague était vraiment méchante. Trop méchante. Plus méchante que de teindre les cheveux de quelqu'un en vert.

— Attends…

Je ne voulais pas me transformer en vilaine sorcière.

— Jeanne ? (Rafe a souri de toutes ses dents.)
Salut, c'est Rafe ! (Il a marqué une pause.) Oui,
ce Rafe-là. (Nouvelle pause. Son sourire s'est
légèrement fané.) Je te rappelle parce qu'il paraît
que tu as cherché à me joindre tout à l'heure…
(Mon frère m'a considérée avec perplexité.) Ah.
Ah oui. Bien sûr que non. Ça… euh… devait être
Jeanne dans ma nouvelle école…

Il a laissé échapper un petit rire forcé mais son
visage était tellement rouge tomate que j'ai cru
qu'il allait exploser.

Il m'a foudroyée du regard. *Gloups.* J'aurais
voulu m'excuser mais il n'avait pas encore
raccroché.

— Ouais, j'aime vraiment beaucoup Airbrook, a
expliqué avec enthousiasme Rafe dans le combiné
avant d'articuler à mon intention, des revolvers
dans les yeux : *T'es finie.* Et toi, ça va à Hills
Village ? Quoi de neuf ?

Alors, il m'a tourné le dos pour se diriger vers
l'escalier. Une fois en haut, il a claqué la porte de sa
chambre.

J'ai examiné ma pomme. Je n'en avais croqué
qu'une bouchée mais déjà, je n'en voulais plus.

Pas si facile d'être méchante.

CHAPITRE 31

La revanche de Rafe

— **G**EORGIA ! GEORGIA, FÉLICITATIONS !
s'est égosillée Rhonda alors que j'arrivais au collège,
cinq jours plus tard.

La cloche n'avait même pas encore sonné ; je ne
voyais vraiment pas de quoi elle voulait parler.

— Pourquoi tu me félicites ?

— LA LISTE DES GROUPES POUR LA
BATAILLE DU ROCK EST AFFICHÉE : TON
GROUPE EST DESSUS ! (Elle m'a agrippée par
les bras pour me secouer.) VOUS ALLEZ JOUER
À LA SOIRÉE !

— Quoi ? ai-je répliqué, ma voix aussi stridente
que celle de Rhonda pour une fois. Tu es sûre ?

D'un index, Rhonda a indiqué le panneau que je suis allée consulter dans le hall de l'école. Voici ce que j'ai lu :

BATAILLE DU ROCK

À PARTIR DE 19H30 !

1. **FURRY BURPS** (Tom Manderly, Ahmed Usman, Jill West)
4. **LADY DADA** (Allison Vidder)
5. **DERANGED LUNCH LADY** (DeVaughn Green, Pete Baker)
6. **LES NULLES** (Nanci Ricci, Mari Alvarez, Patti Bahrey, Georgia Khatchadorian)

— On ne peut pas jouer à la soirée ! ai-je hurlé. Comment c'est possible ?

Quand tout à coup, ça m'a frappée – un peu comme la foudre. Et j'ai compris deux choses :

1. Il n'y a qu'une personne qui appelle mon groupe Les Nulles.
2. Cette personne était récemment au téléphone avec Jeanne Galletta, responsable du comité d'organisation de la soirée.

Il m'a eue. Rafe m'a piégée dans ma propre école en veillant à ce que je me ridiculise devant tout le monde.

— VOUS ALLEZ ÊTRE GÉNIALES ! s'est exclamée Rhonda avec exubérance.

Qu'est-ce que tu en sais ? aurais-je voulu crier mais au lieu de cela, je me suis laissée tomber par terre.

— ÇA VA ?

Rhonda s'est assise près de moi.

— Rhonda… on ne peut pas jouer à la soirée ! On est vraiment nulles ! On n'est pas prêtes ! (J'ai enfoui le visage dans le creux de mes bras croisés.) Qu'est-ce que je vais dire au groupe ?

Rhonda est restée un moment, sans parler. C'était tellement inhabituel de sa part que j'ai fini par relever la tête, histoire de m'assurer qu'elle respirait encore.

Ah oui. Non seulement cela mais elle me regardait en souriant. Tandis que j'enfouissais à nouveau mon visage, elle avait réussi à faire une pancarte sur laquelle était écrit VIVE LES NULLES !

Avec délicatesse, elle a posé une main sur mon épaule et déclaré sérieusement :

— TU PEUX PRÉVENIR TON GROUPE DE SE PRÉPARER À TOUT DÉCHIRER.

La guerre est déclarée

Maman et Rafe jouaient aux cartes au salon quand je suis rentrée du collège. Rafe a quitté des yeux sa main pour me jeter un regard menaçant.

— Quoi de neuf, Georgia ?

J'ai pouffé.

— Tu sais pertinemment ce qu'il y a de neuf, Rafe.

J'ai failli trébucher à cause de la pile de courrier dans le couloir de l'entrée. *Je suis la seule à ramasser les trucs ici ?* ai-je songé alors que je prenais les lettres pour les trier.

Maman a abattu une carte et Rafe en a fait autant.

— Ha ! a lâché mon frère en chipant les deux cartes pour y planter un gros baiser mouillé.

J'aurais juré que le valet de trèfle virait au vert pendant un instant.

Maman a éclaté de rire.

— Comment s'est passée ta journée, ma puce ? a-t-elle voulu savoir alors que j'accrochais mon manteau au crochet dans le couloir avant de me diriger vers le canapé.

— Bien, ai-je répondu posément. (J'ai levé le trésor que je venais de trouver dans la pile.) Regarde, Rafe ! Ça vient d'Airbrook ! Tu as déjà reçu ton bulletin ? (Je lui ai décoché un sourire mielleux.) Je suis curieuse de savoir comment tu t'en es tiré !

Bzzzzz

Bzzz

Gare à la tape !

— Donne-moi ça ! a rugi mon frère qui tentait de m'arracher l'enveloppe des mains.

Je l'ai écartée.

— Je parie que tu meurs d'envie de l'ouvrir pour regarder !

Maman s'est levée.

— Je vais m'en occuper, Georgia.

Je lui ai tendu le courrier.

Rafe m'a lancé un regard furieux pendant que maman déchirait le côté de l'enveloppe pour sortir le bulletin. Elle a ouvert de grands yeux avant de s'écrier :

— Rafe !

— Tu as des bonnes notes ! (Maman a enveloppé Rafe de ses bras pour le presser contre elle.) Regarde un peu ça ! Un A en dessin ! Et des B partout ailleurs !

Rafe a baissé les yeux sur la feuille ; on aurait dit qu'il n'en revenait pas lui-même.

— J'ai eu C en maths, a-t-il souligné.

— Un C plus, l'a corrigé maman. Tu vas remonter ça : j'en suis persuadée ! Oh, Rafe ! (Elle l'a serré plus fort.) Je suis tellement fière de toi !

Elle s'est tamponné les yeux. Sérieusement, je ne l'avais pas vue aussi heureuse depuis le jour où elle avait trouvé un billet de dix dollars au parc.

— Je vais faire une tarte pour fêter ça, a annoncé maman juste avant de se diriger vers la cuisine.

— Aux pommes ? lui a demandé Rafe en lui
emboitant le pas tel un petit chien.

Je les ai suivis des yeux. C'est ce qu'on appelle
avoir l'effet inverse de celui escompté. Rafe
réussissait enfin à l'école tandis que je frôlais le D
en anglais.

CHAPITRE 33

Au diable la tarte, lâche-moi !

J'ai rejoint ma chambre en martelant le sol, je me suis affalée sur mon lit et j'ai dressé le bilan de toutes les choses qui étaient allées de travers ces derniers jours. Les cheveux verts et les colles n'en étaient que deux des pires. Et maintenant… ma revanche contre Rafe qui se retournait contre moi. *Maman lui préparait une tarte !* Je n'en revenais toujours pas.

On a frappé un petit coup à ma porte. Rafe, ai-je deviné. Il est venu remuer le couteau dans la plaie.

— Va-t'en.

— Que dis-tu, Carolina ? m'a demandé mamie Dotty alors qu'elle ouvrait la porte. Vacant ?

— Non, je... Bref. Entre.

Ma mamie est venue s'asseoir au pied de mon lit et m'a frotté le dos quelques instants. Maman faisait la même chose quand j'étais petite. J'avais oublié à quel point ça faisait du bien.

— Que se passe-t-il ma douce ?

— Rien.

— Humm... alors pourquoi es-tu étendue face contre ton oreiller sur ton lit ?

Avec un soupir, je me suis redressée.

— C'est juste que... Rafe a reçu son bulletin aujourd'hui. Il a eu un malheureux A et maman réagit comme s'il avait été admis en prépa. Il a même eu un C ! Tu sais ce qui se passerait si j'avais un C, moi ?

En plus elle est à la crème de noix de coco. Je déteste la noix de coco.

Dotty a frappé dans ses mains.

— Un A ? C'est merveilleux !

— Mais moi, je n'ai que des A tout le temps ! ai-je gémi. Et maman ne m'a jamais fait de tarte !

Mamie Dotty a affiché une mine pensive.

— Elle ne m'a jamais préparé une tarte à moi non plus pour me féliciter de mon bulletin.

Quoi ? Maman n'était même pas en vie quand mamie recevait des relevés de notes. Était-ce là où Dotty voulait en venir ? À savoir que la vie est injuste.

— Moi aussi, je veux de la tarte, ai-je grogné.

— Eh bien, peut-être que Rafe t'en donnera un morceau ? (Dotty a souri puis elle a pris ma main dans la sienne, toute ridée. Je voyais bien qu'elle essayait de m'aider, seulement elle ne me comprenait pas vraiment.) C'est bien que ton frère réussisse en école d'arts plastiques, a-t-elle repris. Il n'a jamais été très bon élève, tu sais.

— C'est à moi que tu dis ça !

J'ai levé les yeux au plafond.

— Il a hérité de ta mère pour ça. Tous deux sont des artistes-nés ; ils ne sont pas doués pour les matières générales. Ils se ressemblent beaucoup. Dans le bon et le mauvais sens du terme.

Tandis qu'elle souriait, les yeux bruns de mamie Dotty ont pétillé.

142

— Et moi, je ressemble à maman ? Quand elle était petite ?

J'espérais que Dotty répondrait que nous étions toutes deux intelligentes. Ou douées en musique. Ou gentilles, pourquoi pas.

Dotty a haussé les épaules.

— Comment le saurais-je ? Je n'ai aucune idée de comment était ta mère à ton âge.

Quoi ? Elle ne connaît pas ma mère ?

J'aurais voulu dire ça tout haut mais j'ai pensé que ce serait cruel. C'est vrai, la mémoire de Dotty est un peu comme une passoire. Pleine de trous. Elle n'y peut rien. Alors pourquoi en rajouter ?

Il faut regarder la vérité en face : c'est ce qui fait que mamie Dotty est un peu… toquée. Disons complètement marteau. Et on l'aime comme elle est.

CHAPITRE 34

Maboule

Il faut que je leur dise, ai-je pensé alors que mes doigts pinçaient les cordes de ma guitare électrique. *Il faut que je leur dise. Je leur dirai dès que cette chanson sera terminée.*

La chanson s'est terminée. Et je ne leur ai rien dit.

Mari, Nanci et Patti ignoraient toujours totalement que Rafe nous avait inscrites à la Bataille du Rock. J'aurais voulu pouvoir repousser mon aveu indéfiniment mais je savais que c'était impossible. Premièrement, Rhonda nous écoutait répéter et deuxièmement elle brûlait d'impatience d'annoncer à mes amies la nouvelle de notre prochain « concert ».

Disons plutôt notre enfer public.

Si je ne parlais pas, je savais que Rhonda s'en chargerait. Et ce ne serait pas beau à voir.

Il fallait absolument empêcher ça.

— Je suis crevée, a annoncé Mari à la fin de la chanson suivante.

— Ouais, et moi il faut que je rentre chez moi, a ajouté Patti en enroulant son foulard autour de son cou. Ma mère veut que je tonde la pelouse.

— Alors, prochaine répèt' la semaine prochaine ? a lancé Nanci.

Elle a fourré ses baguettes dans sa poche arrière et plongé une main dans un paquet de chips.

— Même heure, même endroit ?

Rhonda m'a fait de gros yeux. DIS-LEUR ! a-t-elle articulé.

— Attendez.

Mes copines se sont tournées vers moi.

— Qu'est-ce qu'il y a, Georgia ? a voulu savoir Mari.

— Euh… (La seule solution était de cracher le morceau en un coup.) Rafe nous a inscrites au festival de rock de mon collège dans une semaine donc il faut qu'on s'entraîne parce qu'on va jouer devant toute l'école et vu que nos noms figurent déjà sur le programme, c'est trop tard pour se désister même si je pourrais probablement le faire si on voulait vraiment donc ça dépend de vous.

J'ai fermé les yeux.

— Quoi ? a dit Nanci avant de mordre dans une chip.

— On est inscrites à la Bataille du Rock ? a répété Patti.

À l'entendre, ça sonnait comme « À cause de toi, on doit sauter à l'élastique d'un pont ? ».

Nanci et Mari ont échangé un regard marqué par l'horreur.

— Il y a nos noms sur le programme ? a dit Mari.

— C'est la faute de Rafe, ai-je insisté.

Silence de mort.

J'aurais voulu creuser un trou et plonger dedans sans plus jamais en ressortir. Maman n'aurait qu'à m'apporter un sandwich une fois de temps en temps.

— ALLEZ, LES FILLES ! a piaillé Rhonda. ÇA VA ÊTRE GÉNIAL !

— Rhonda, on n'est pas prêtes, a rappelé Mari.

— MAIS SI, VOUS ÊTES PRÊTES ! VOUS ÊTES SENSAS' ET SANS VOUS, LA SOIRÉE SERA NAZE ! (Elle a agité les bras en l'air.) VOUS DEVEZ BIEN À GEORGIA DE JOUER EN PUBLIC ! VOUS NE POUVEZ PAS LA LAISSER TOMBER DEVANT TOUS SES AMIS.

J'ai levé les mains.

— Attends ! Ça n'a rien à voir avec moi…

— VOUS ALLEZ LE REGRETTER POUR TOUJOURS SI VOUS RECULEZ MAINTENANT, a persisté Rhonda. COMMENT COMPTEZ-VOUS PARTICIPER L'AN PROCHAIN SI VOUS ABANDONNEZ CETTE ANNÉE ?

Mari s'est tournée vers Patti.

— Rhonda a raison.

Vraiment ?

— VOUS N'ÊTES PAS PARFAITES. ET ALORS ? (Rhonda était partie sur sa lancée. Aucune chance de l'empêcher de hurler maintenant.) LE ROCK N'EST JAMAIS PARFAIT !

— Elle a raison ! (Nanci a fait tourner sa baguette.) Allons-y !

— Ouais, allons-y ! a acquiescé Patti.

Mari m'a fait face.

— Qu'en penses-tu Georgia ?

J'ai considéré un instant le visage radieux de
Rhonda.

— C'est parti, ai-je conclu.

Rhonda a laissé échapper un cri qui devait être
un hourra. J'ai plaqué mes paumes sur mes oreilles
tout en souriant quand même. Rhonda était notre
plus grande fan. Je ne voulais pas la laisser tomber.

Bien sûr, elle pouvait tout à fait être maboule.

N'empêche, je ne voulais pas la laisser tomber
pour autant.

CHAPITRE 35

Mamie pète un câble pour la dix-neuvième fois

J'étais presque arrivée à la maison lorsque je l'ai vu : Rafe.

Le matin, on était parvenus à s'éviter. À Airbrook, les cours commencent quarante-cinq minutes plus tard qu'à Hills Village et j'avais donc pris une part de tarte au petit-déjeuner avant de partir le plus tôt possible dans la foulée. Seulement, je ne pouvais pas éviter mon frère indéfiniment.

Rafe avait marqué une pause lui aussi. Pendant un moment, on est restés complètement immobiles, tels un modèle et son reflet dans un miroir, attendant, je présume, que l'autre fasse le premier pas.

Je savais que la même question nous trottait dans la tête : Qui tirerait sa cartouche en premier ?

C'est vrai que j'avais tiré la précédente. Cependant, cette plaisanterie-là s'était avérée un fiasco complet pour moi. Et une réussite sur toute la ligne pour Rafe. Alors, à qui le tour ? La prochaine victime serait-elle Rafe ? Ou moi ?

— Qu'est-ce que tu mijotes ? a voulu savoir Rafe.

— Rien. Et toi ?

— Rien.

Il avait les mains vides ; j'ai donc décidé de le croire. J'imagine que mon frère a dû décider la même chose à mon propos car il a hoché la tête et on a repris le chemin jusqu'à chez nous ensemble. On a gravi les marches. Rafe a ouvert la porte...

Une seconde : c'est la bonne maison ?

— Surprise ! a crié mamie Dotty, assise sur un canapé à fleurs hideux. J'ai sorti mes affaires du garde-meuble et décidé de refaire un peu la décoration.

Ce n'est pas que notre appartement avait l'air affreux... C'est qu'il ressemblait en tous points à l'ancienne maison de Dotty. J'ai regardé Rafe. Rafe m'a regardée.

— C'est la cata, a-t-il commenté dans sa barbe.

— Et attendez un peu de voir ce que j'ai fait avec les autres pièces ! a gloussé Dotty.

— Les autres pièces ? a relevé Rafe.

Déjà, je m'étais précipitée dans l'escalier. Je suis entrée dans ma chambre en trombe.

— Qu'est-ce que c'est que ça ? me suis-je écriée. Où sont mes affaires ?

Ma chambre était désormais meublée d'un canapé, d'une plante et d'une cage à oiseau vide. J'ai ouvert mon placard en grand.

— Où est M. Banane ?

Mon singe en peluche avait disparu, ainsi que mon Certificat de la meilleure progression scolaire, ma couverture préférée et mon *lit*.

En entendant Rafe hurler dans la pièce d'à côté, je me suis précipitée pour constater l'ampleur des dégâts par moi-même.

— C'est beaucoup mieux qu'avant, ai-je décrété.

— C'est affreux ! a-t-il hurlé. Je ne retrouve rien ! Où est mon fusain préféré ? Et le tableau que maman m'a donné ? Et les restes de la pizza de jeudi dernier ? Cette chambre est à peu près aussi drôle qu'une... cellule de prison.

— C'est un désastre ! a gémi Rafe. Cette pizza était pour mon exposé de sciences !

— Il faut qu'on demande à mamie de tout remettre à sa place, ai-je dit.

— Je doute qu'elle ait la moindre idée de comment s'y prendre, a soulevé mon frère. En plus, elle ne sera pas forcément d'accord. Dans son genre, elle est plutôt…

— Loufoque ?

— Exactement.

On devait trouver une façon de convaincre Dotty qu'elle voulait remettre nos affaires en place. Il m'est tout à coup venu une idée.

— Écoute, Rafe. (Je l'ai pris par l'épaule.) J'ai un plan. Mais je vais avoir besoin de ton aide.

Mon frère a paru suspicieux.

— Quel plan ?

— Il va falloir qu'on convainque mamie de sortir toutes nos affaires de l'endroit où elle les a mises – peu importe où c'est. On va lui dire qu'on organise un vide-grenier. Alors elle devra tout sortir et on fera un tri pour garder ce qu'on veut vraiment avant de vendre le reste.

— Mamie Dotty va à des brocantes tous les dimanches, a rappelé Rafe. Elle est accro. (Il a inspiré profondément.) D'accord, Georgia, a-t-il fini par approuver : tu peux compter sur moi.

Les Nulles au vide-grenier

— **J**e ne crois pas avoir jamais porté ce manteau, a reconnu mamie Dotty alors qu'elle étiquetait une veste violette matelassée au prix de trois dollars. Pas étonnant qu'on ait des placards avec autant de bazar !

— En fait, mamie, c'est à moi, l'ai-je informée en retirant l'autocollant avec le prix.

— Pas étonnant qu'elle soit si petite ! (Dotty a souri avant de se pencher sur un bonnet rayé bleu et gris.) Oh, ça, par contre, il faut s'en débarrasser.

J'avais enfilé mon costume de Super Sœur et j'ai donc sauvé de justesse le bonnet qui appartenait à Rafe. Jusque-là, il m'avait plutôt bien aidée avec le vide-grenier. La bonne nouvelle : la plupart de nos affaires étaient réapparues au cours du week-end.

La mauvaise : Dotty continuait à perdre la boule et étiqueter les choses qui nous appartenaient comme si elle comptait les vendre. On devait agir vite, sinon nos amis et nos voisins finiraient par porter nos vêtements et câliner nos nounours. Dotty, néanmoins, s'en donnait à cœur joie avec les étiquettes : elle en avait même mis une sur le chapeau de paille qu'elle avait sur le crâne. J'essayais donc de récupérer seulement les effets personnels dont on ne pouvait se passer, tels que les vêtements d'hiver et le matériel pour les exposés du cours de sciences.

Je faisais – pour reprendre l'expression de Dotty – du jus d'orange avec des citrons.

Non, littéralement. Je préparais de l'orangeade. J'avais lu sur un site que distribuer des boissons et des trucs à grignoter aux gens qui font les vide-greniers les met de bonne humeur et leur donne envie d'acheter.

— Ça va où, ce truc ? a demandé Rafe alors qu'il traînait une desserte sur la pelouse.

— Mettons-la devant, lui ai-je dit. On pourra poser ma vieille collection de chats en porcelaine dessus.

— Tu t'en débarrasses ? (Rafe a paru surpris.) Je l'aimais bien, moi.

— C'est vrai ?

Ouah, quel choc ! Rafe me chambrait tout le temps à cause d'elle avant.

J'ai toujours su qu'il nous aimait bien.

T'as oublié le jour où il a fracassé Minou ?

— Ouais : ça me facilitait la tâche pour ton cadeau de Noël, a-t-il répondu avec un haussement d'épaules. Bref.

J'ai ressenti une certaine émotion lorsqu'il a emporté la table.

Serait-il possible que mon frère ne soit pas si terrible que ça ?

— HÉ, GEORGIA ! JE SUIS VENUE T'AIDER AVEC LE VIDE-GRENIER. (Rhonda, irradiant de joie, a pris un verre d'orangeade.) OUAH ! C'EST TELLEMENT RAFRAÎCHISSANT !

— Hum, salut, Rhonda.

Je ne savais même pas comment elle avait appris la nouvelle du vide-grenier. Elle est voyante ? Psychotique ? À moins qu'elle lise le journal tout simplement.

— En fait, je dois m'en aller dans quelques minutes.

Rhonda en a semblé horrifiée.

— TU VAS OÙ ?

— Au garage. On a répèt', ai-je expliqué. Il faut qu'on se prépare.

Soulignez trois fois IL FAUT.

Les yeux de Rhonda ont bondi hors de leurs orbites derrière ses lunettes.

— MAIS C'EST PARFAIT ! VOUS DEVRIEZ DONNER UNE REPRÉSENTATION !

J'ai éclaté de rire mais Rhonda a continué à me couver des yeux avec cette expression heureuse pleine d'espoir.

Le groupe n'a pas trouvé de meilleur moment pour apparaître.

— Salut, Georgia. Quoi de neuf ? (Le regard de Nanci s'est illuminé.) Oh, des biscuits !

Elle en a pris trois.

— Ils sont faits maison, ai-je précisé.

Nanci en a repris deux.

— Regardez ce que j'ai trouvé ! a annoncé Patti qui levait un chat tacheté en porcelaine. Super mignon, hein ? Je le veux. J'adore les animaux.

Elle a posé un dollar sur la table.

— Prêtes pour la répétition ? a demandé Mari.

— JE DISAIS JUSTEMENT À GEORGIA QUE VOUS DEVRIEZ FAIRE UN CONCERT ICI MAINTENANT ! a déclaré Rhonda avec sa voix stridente. UN GENRE DE RÉPÉTITION GÉNÉRALE !

J'ai entendu un bruit qui m'a rappelé l'agonie d'un animal mourant et aperçu Rafe qui tombait à genoux, ses mains sur les oreilles.

— Pitié ! s'est-il écrié d'une voix plaintive. Vous êtes trop nulles !

Vous vous souvenez, quelques paragraphes plus tôt, lorsque je disais que mon frère n'était peut-être pas si méchant que ça ? Je retire ce que j'ai dit.

— Tu as raison, Rhonda. Je pense que c'est une excellente idée, ai-je approuvé.

— Pourquoi pas ? a dit Mari en haussant les épaules.

Il n'y avait que trois visiteurs au vide-grenier de toute manière. Notre voisin le roi des potins M. Stanley, la bicentenaire Mme Bloomgarden et son yorkshire Wilson. Ils donnaient l'impression qu'un peu d'animation leur serait bénéfique.

On a installé notre matériel dans le garage tandis que Rhonda s'occupait de la distribution d'orangeade en servant d'ambassadrice charitable à notre groupe.

— VOUS N'ALLEZ PAS EN CROIRE VOS OREILLES : ELLES SONT HALLUCINANTES ! a-t-elle promis à Mme Bloomgarden.

— Elle dit la vérité : vous n'en croirez pas vos oreilles, a confirmé Rafe.

J'ai joué un accord puis crié :

— Un, deux, trois, quatre !

Alors, le groupe a entamé le premier morceau. Je reconnais qu'on s'améliorait. Je ne me prenais même plus les doigts dans les cordes. À la fin de la chanson, le silence régnait.

Jusqu'à ce que Rafe saute sur une table pour se donner à son tour en spectacle.

Le plus triste, c'est que Mme Bloomgarden a osé applaudir. Pour Rafe, pas pour nous.

Exactement le genre d'encouragement dont il avait besoin pour continuer. Les Nulles allaient devoir travailler dur pour dépasser mon frère.

— Allez, mettons la sauce ! ai-je lancé à mes copines.

Et on a tenu parole.

Retour de bâton

Avec Les Nulles, on a terminé notre cinquième et dernière chanson devant une foule en délire. Et quand je dis « en délire », je sous-entends que M. Stanley a enfin retiré les protège-oreilles qu'il essayait depuis quatre chansons tandis que Mme Bloomgarden est parvenue à faire sortir Wilson du placard de rangement où il s'était réfugié. Elle m'a adressé une moue avant de partir, son chien sous le bras, en le rassurant d'un : « N'aie plus peur, choupinou ! Le vilain méchant bruit est fini maintenant. »

Heureusement, deux ou trois personnes nous ont applaudies.

— VIVE LES NULLES ! a crié Rhonda de sa voix perçante.

Sam, ses doigts dans la bouche, a produit un sifflement assourdissant. Oui, vous avez bien lu : Sam Marks est venu à mon vide-grenier. Rhonda avait dû l'avertir.

J'ai réussi à sourire à Sam même si j'éprouvais une sorte de mal de mer. N'oublions pas que j'étais en train de jouer de la guitare comme un pied à un vide-grenier. Bonjour la honte !

Tap. Tap. Tap. C'était le son produit par des applaudissements sarcastiques. J'ai cherché qui pouvait être aussi malpoli mais j'aurais dû deviner.

Missy Trillin, debout près d'une pile de pulls. Argh ! Qu'est-ce qu'elle fabriquait ici ? Mon estomac s'est noué de crainte.

— Ouah ! J'ai vraiment adoré ta représentation, Georgia, a commenté Missy avec mépris. Surtout la *fin.*

— C'est qui cette fille ? a demandé Nanci en prenant discrètement un nouveau biscuit sur la table.

— Personne, ai-je répondu.

Pitié, va-t'en, l'ai-je suppliée en silence. Sauf que Missy n'a pas bougé, si ce n'est pour prendre mon vieux pull de Noël entre son pouce et son index ; elle a grimacé en voyant le renne dessus.

— Elle ne se prend pas pour n'importe qui, a constaté Mari, sourcils froncés et bras croisés, sans quitter des yeux Missy alors qu'elle examinait les bibelots dont ma famille ne voulait plus.

Je me suis recroquevillée sur moi-même.

À observer Missy, on aurait dit qu'elle fouillait des poubelles dans un quartier louche. Tout à coup, tous les jeux, livres et vêtements que je préférais avant me faisaient l'effet d'être des détritus honteux. Cela ne m'aurait pas étonnée que Missy s'en aille pour revenir avec une combinaison de protection sertie de diamants afin de toucher le reste des objets sans prendre de risque.

Ne la regarde pas, me suis-je commandé. Alors que je luttais pour ne pas rougir jusqu'à la pointe des cheveux, je me suis tournée vers mes amies.

— Patti, Mari, Nanci, je vous présente Sam.

Mes copines musiciennes l'ont salué et il a répondu :

— Je vous ai trouvées super.

Évidemment, ç'aurait été trop beau si Missy avait disparu. Au lieu de cela, elle a hoqueté de surprise.

— Ne me dis pas que tu vends ce machin ! (De façon moqueuse, elle a brandi une vieille figurine de troll à moitié chauve.) Et cinquante cents *seulement* ?

Y avait assez de place pour que je me cache dans le placard de rangement maintenant que Wilson en était sorti ?

Tu t'en débarrasses, Georgia ? Pourtant, votre fourrure est assortie !

Bas les pattes, Princesse. J'ai peut-être l'air mignon et innocent mais j'ai un côté sauvage.

— Que fait Missy ici d'ailleurs ? a lancé Sam.

— Elle est venue me torturer.

Rhonda a tourné le dos à Missy.

— QUELQU'UN VEUT DE L'ORANGEADE ?

En chœur, le groupe a répondu oui.

— Rhonda est pleine... d'énergie, a déclaré Sam alors qu'elle faisait une distribution de cookies sous nos yeux.

Elle a laissé Nanci en prendre deux seulement.

Je n'étais pas certaine de la façon d'interpréter le commentaire de Sam donc j'ai simplement répondu :

— C'est plus fort qu'elle.

J'ai jeté un œil aux tables où le nombre d'objets en vente avait considérablement diminué. Le vide-grenier était une réussite. Mamie Dotty tentait de démontrer comment un vélo d'appartement pouvait également servir de portemanteau. Rafe, quant à lui, s'efforçait de convaincre un couple de personnes âgées qu'ils avaient besoin d'une toilette supplémentaire.

— Que se passe-t-il ? a demandé Sam alors que je me mordais la lèvre. Tu as l'air soucieuse ?

— C'est juste que... eh bien, j'ai un peu peur que... M. Banane...

J'ai senti mon visage virer au rouge pivoine.

— Ton nounours ? a deviné Sam.

— Ouais. Je ne voudrais pas que quelqu'un l'achète. (J'ai haussé les épaules.) La vie n'est plus la même sans un singe en peluche sur ton lit, tu sais ?

Sam a souri.

— Ouais.

— Oh, c'est teeeellllement touchant ! s'est élevée
une voix doucereuse dans mon dos. Le petit bébé veut
récupérer son singe en peluche !

Missy a levé les yeux au ciel.

J'ai rougi de plus belle – un vrai gyrophare.
J'ai lancé un regard à Sam. Me prend-il pour
une imbécile ? Difficile à dire. Jamais il ne le
reconnaîtrait : il est trop gentil.

Missy a considéré un instant la table avec les biscuits.

— Hé, Georgia, pourquoi tu ne demandes pas à
ta meilleure amie Rhonda de t'aider à chercher ta
poupée-singe ?

— Ce n'est pas ma meilleure amie, ai-je grommelé
même si c'était cruel.

D'un coup d'œil par-dessus mon épaule, j'ai constaté que Rhonda continuait à distribuer gaiement de l'orangeade aux brocanteurs assoiffés. Si elle m'avait entendue, elle le cachait bien.

Missy, en revanche, n'avait rien raté. Elle a souri d'un air suffisant.

Et brusquement, j'ai eu envie d'effacer ce sourire de ses lèvres. Pour qui se prenait-elle de toute manière ? Rhonda valait dix fois mieux qu'elle. Non, cent fois mieux.

Je m'habituais de plus en plus à l'idée de perdre mon pari contre Rafe. Jamais je n'aurai la cote au collège car jamais je ne deviendrai amie avec Missy. Et selon moi, ce n'était vraiment pas une grosse perte.

CHAPITRE 38

Singeries

Les Annales de l'Histoire de l'Humanité se sont enrichies ici même au collège d'Hills Village : en plein devant mon casier !

J'ai reçu un cadeau d'un garçon. C'est exact : un garçon m'a donné un cadeau.

Pour la première.

Fois.

De ma vie !!!

C'était sans hésitation le meilleur truc qui me soit arrivé depuis le démarrage de ma misérable et courte vie de collégienne. J'étais tellement folle de joie que moi, Georgia Khatchadorian, j'aurais probablement pu me transformer spontanément en pom-pom girl ici-tout-de-suite.

Le lendemain du vide-grenier, j'ai aperçu Sam qui attendait près de ma salle de classe. Je l'ai salué de la main et il m'a annoncé :

— J'ai quelque chose pour toi.

Alors, il a sorti de son sac à dos le cadeau le plus génial au monde.

— M. Banane ! me suis-je écriée. Tu l'as trouvé !

Sam, un large sourire aux lèvres, a expliqué :

— Je l'ai repéré en partant. Ta grand-mère me l'a vendu trois dollars.

— Mais sur l'étiquette, c'est écrit un dollar cinquante, ai-je remarqué.

— Elle a bien vu que je le voulais vraiment, a-t-il répondu après un haussement d'épaules. Du coup, elle a doublé le prix.

J'ai serré contre moi mon singe en peluche. Avec M. Banane, ma chambre reviendrait presque entièrement à la normale. J'avais récupéré le plus important quoi qu'il en soit. J'ai plongé la main dans mon sac à dos.

— Attends, je vais te rembourser.

Humm, moi je dirais que je vaux au moins 2,75 $!

— Tu plaisantes ? *Jamais de la vie !* a refusé Sam, les sourcils en forme d'accents circonflexes. Je voulais te faire la surprise. (Il a baissé les yeux par terre avant d'ajouter :) J'espère que ça te plaît.

Ma gorge s'est serrée ; j'étais tellement touchée que j'avais l'impression que j'allais m'étrangler avec ma salive. Incapable de parler, je me suis contentée de sourire et de paraître reconnaissante.

— Euh… ben…

Sam, raclant le sol, a fait cliqueter les pièces qu'il avait dans sa poche droite.

Pour finir, j'ai retrouvé la parole :

— Qu'y a-t-il ?

J'étais persuadée qu'il allait m'annoncer que j'avais un truc sur le visage ou que je sentais bizarre.

— Ben… c'est bientôt la… la soirée.

Sam a levé les yeux sur moi.

— Oui ? ai-je articulé dans un murmure.

— Euh… ça te dirait de… tu sais ? Danser ? À la soirée ? Ensemble ?

Pincez-moi, je rêve.

Je n'ai rien fait ! Je l'ai invitée à une soirée, c'est tout !

Mais non, je rigole. Naturellement, je l'ai joué cool.

— Alors c'est décidé, a dit Sam avec un sourire à l'issue de notre conversation. Super. À plus.

> Voyons voir. Il se peut que je doive trier mes chaussettes ou récurer les toilettes pour Rafe. Enfin, je pourrais toujours reporter.

Je suis restée sans bouger pendant une minute. C'était réel ? Ça venait vraiment d'arriver ? Aussi invraisemblable cela pouvait-il paraître, je tenais toujours en main M. Banane. C'était la preuve. Ça m'était égal qu'un nombre croissant d'élèves, dans le couloir, se mettent à dévisager la fille agrippée à son singe en peluche. Ils ne faisaient pas le poids contre M. Banane.

Tout compte fait, la vie au collège s'améliorait.

CHAPITRE 39

Mini-Miller le Tueur : touché !

J'ai délicatement rangé M. Banane dans mon casier et flotté jusqu'à ma classe enveloppée d'un nuage rose moelleux. La vie était une montagne de chocolat ! Le collège, un rayon de soleil !

— Hé, Jambe de Bois ! a grogné Mini-Miller à mon intention. Mon frère a un message pour Rafe.

— Une demande d'autographe ? ai-je rétorqué en sentant mon nuage de barbe à papa fondre peu à peu.

— Nan. Un avertissement. (Mini-Miller s'est penché si près de moi que je pouvais compter les poils de son nez.) Le message, c'est : Fais gaffe, le loser. J'ai des copains à Airbrook.

Il a terminé en pouffant de rire.

Je pense avoir déjà précisé que personne n'a le droit de toucher à mon frère à part moi. Surtout pas après son aide lors du vide-grenier. Et encore moins le meilleur jour de toute ma vie de collégienne.

— Écarte-toi de mon chemin, Mini-Miller, ai-je rugi.

— Comment tu m'as appelé, Pieds Crochus ? a-t-il répliqué. Et tu comptes faire quoi ? Me boiter après ?

Il m'a poussée au niveau de l'épaule ; j'ai trébuché vers l'arrière.

Mini-Miller a éclaté de rire. La rage, aussitôt, a jailli en moi. Je jure que je ne suis pas responsable de ce qui s'est passé ensuite.

Je me suis figée alors que je suivais du regard
Mini-Miller qui bondissait à cloche-pied jusqu'à mi-
hauteur du couloir. J'ai d'abord ressenti de l'horreur :
je n'en reviens pas d'avoir fait ça ! Ensuite, j'ai
éprouvé une certaine excitation : *je n'en reviens pas
d'avoir fait ça !*

*Et pourtant si ! J'ai donné un coup de pied à Mini-
Miller dans le tibia !*

Mini-Miller braillait toujours en sautillant. Je suis
passée à côté de lui, plus stupéfaite et heureuse que
lorsque j'avais gagné le concours de dictée régional
en CM2.

Rhonda, témoin de la scène, a sifflé. Elle a levé une
main pour que je frappe dans la sienne. Je me suis
exécutée.

— QUI C'EST QUI BOITE, MAINTENANT,
MILLER ? a-t-elle raillé de sa voix stridente alors
qu'il partait à cloche-pied.

Je n'ai pas pu m'empêcher de sourire.

Je suppose que Rhonda et moi, on est amies
après tout.

De drôles d'amies mais des amies quand même.

CHAPITRE 40

Les Princesses

— T'EN PENSES QUOI ? a piaillé Rhonda le
lendemain en plantant un flyer vert fluo sous
mon nez.

Couvert de cliparts de guitares, de lunettes de
soleil et de notes de musique, il disait : LES NULLES
VONT TOUT DÉCHIRER ! Venez assister à la
BATAILLE DU ROCK de la soirée du collège de Hills
Village. Préparez-vous : ÇA VA ÊTRE GÉNIAL !

Dans les passages en lettres capitales, j'entendais
la voix de Rhonda qui m'agressait les tympans.

— Hum, ai-je simplement répondu.

Qu'en pensais-je ?

Qu'elle était cinglée.

Que je ne voulais pas me taper la méga honte
en public.

— Le vert fluo me fait mal aux yeux.

Je n'ai pas trouvé mieux à dire.

— PAS LA PEINE DE ME REMERCIER ! a dit Rhonda avant de me presser comme un citron contre elle. JE TIENS TELLEMENT À CE QUE TOUT LE MONDE VIENNE VOIR À QUEL POINT ON EST SUPER !

— On ? ai-je répété.

Cela ne me plaisait pas.

— C'est quoi, ce truc ?

La voix aiguë, derrière moi, m'a fait sursauter. En me retournant, j'ai découvert Missy et son coven de sorcières. Toutes trois examinaient avec une mine renfrognée le flyer. Elles étaient apparues comme par enchantement, telles des mouches attirées par le parfum d'une bouse de vache.

Rhonda, debout contre le mur, me faisait penser à une criminelle prise en flagrant délit. Je me suis immobilisée moi aussi.

Ça sentait la méchante baston. *Cours, Rhonda ! Cours !*

Pourtant, ni l'une ni l'autre n'avons bougé, à croire que nos pieds étaient collés au sol.

Missy a foncé droit sur le flyer pour l'arracher du mur. Ensuite, elle a décoché à Rhonda un regard qui aurait pu faire fondre la pierre.

— Pourquoi tu placardes des affiches pour la soirée dansante ?

Rhonda est d'abord restée plantée là, incapable de parler. Missy ne lui avait encore jamais adressé la parole directement.

— PARCE QUE MON GROUPE VA Y ÊTRE.

Rhonda a cherché mon soutien des yeux.

— Ton groupe ? a répété Brittany, bouche bée, face à Rhonda. De quel instrument joues-tu ? La cloche de vache ?

Les joues de Rhonda se sont empourprées.

— BEN, JE CHANTE MAIS…

— Allez ! s'est exclamée Missy. Toi, chanter ? Mes oreilles saignent déjà.

— Tu es à moitié guenon ! a ajouté Brittany.

Rhonda a baissé la tête. C'était le moment ou jamais de dire à Missy et les B ce que je pensais d'elles.

Alors qu'est-ce que j'ai fait ?

Comment je me suis vengée des Princesses en 3 temps

CHAPITRE 41

Le dernier combat de Georgia

J'aurais voulu aider Rhonda... mais je voulais aussi devenir invisible et échapper à la foudre des Princesses. Elle était piégée dans leur filet d'insultes et on aurait dit qu'elles s'apprêtaient à l'achever.

Va-t'en tout de suite, me suis-je lancé à moi-même. *Pendant qu'il en est encore temps !* J'ai fait un mouvement mais mes jambes sont parties dans le mauvais sens : au lieu d'aller vers l'arrière, elles sont allées vers l'avant. Et avant que j'aie eu le temps de dire « ouf », je me suis surprise à crier :

— Fermez vos clapets barbouillés de rouge à lèvres ! Rhonda chante dans le groupe et elle est géniale !

Le couloir a plongé dans un silence de mort. Le regard de Missy m'a donné la sensation d'être un insecte punaisé à une planche par les ailes alors qu'il est toujours vivant. Tous les regards étaient tournés vers nous. Les yeux de Rhonda étaient tellement écarquillés que je redoutais qu'ils sortent de ses orbites et roulent par terre.

Au bout du compte, Missy a réagi en rigolant. Brittany et Bethany en ont fait autant – comme d'habitude, elles imitaient leur chef.

— Tu n'es même pas copine avec Rhonda, a déclaré Missy. Tu te souviens ? C'est toi-même qui l'as dit.

Rhonda m'a considérée un instant.

— Georgia ne dirait jamais ça.

Pour la première fois depuis que je la connaissais, elle ne criait pas mais parlait.

— Je…, ai-je démarré mais ma tentative s'est soldée par un petit cri étouffé.

Rhonda a cligné des yeux à la manière d'une personne qui a un moucheron dans l'œil. Ses sourcils se sont touchés et son menton s'est mis à trembler. Les élèves dans le couloir s'étaient arrêtés pour observer la scène. Et le silence qui régnait n'augurait rien de bon.

Missy a laissé échapper un grand « han ! » avant de s'en aller, les Princesses sur ses talons. J'ai senti le regard des autres se détacher. Celui de Rhonda, en revanche, est resté sur moi. Je savais ce qu'elle voulait entendre : que je n'avais jamais dit ça. Que ce n'était pas vrai.

Et pourtant si.

PS : Je suis incapable de dessiner la scène. C'est trop douloureux. Et bien trop moche.

S'il vous plaît, tournez la tête, comme tout le monde ici.

CHAPITRE 42

Rhonda part en courant

Rhonda me fixait de ses grands yeux humides tandis que j'avais l'impression de me dissoudre comme une aspirine. J'ai toujours cru que j'étais quelqu'un de bien. En tout cas, dans l'ensemble. Mais tant que Rhonda, debout face à moi, arborait le mot « traître » en travers de son visage, je commençais à songer que je n'étais pas quelqu'un de bien du tout. Que je ne l'avais jamais été.

Alors, elle a décollé telle une fusée.

Hum, tu ne crois pas que tu exagères un peu ?

Tellement interloquée qu'elle puisse courir si vite, je ne l'ai même pas suivie.

Pas tout de suite.

Quand j'ai finalement réussi à bouger à nouveau, Rhonda avait franchi les portes du couloir en trombe. Ensuite, la deuxième sonnerie a retenti et je me suis retrouvée toute seule dans le couloir : j'étais en retard pour mes cours.

Il faut que j'aille la trouver plus tard pour m'excuser, ai-je songé. Seulement, je savais que ce n'était pas assez. Non. Je devais aller m'excuser auprès d'elle *immédiatement*. Même si ça voulait dire rater les cours et avoir des ennuis.

Parce que l'amitié, c'est plus important que l'anglais, *isn't it* ?

J'ai commencé par aller inspecter les toilettes des filles. Pas de Rhonda. Juste une élève de quatrième passablement fâchée, dans laquelle, euh… je suis accidentellement rentrée.

Tous aux abris !

Ensuite, j'ai tenté ma chance à la cafétéria mais je n'ai trouvé que des employées en train de préparer d'immenses plâtrées de gloubi-boulga ressemblant en tous points au gloubi-boulga de la veille. Beurk.

La seule autre pièce vers laquelle Rhonda s'était enfuie était la salle des profs et cela m'aurait étonné qu'elle soit entrée à l'intérieur. Moi, en tout cas, j'aurais évité : il est bien connu que c'est le repaire de Mme Stricker la Mégère.

Rhonda était introuvable.

Qui pouvait bien m'aider ? Si j'appelais ma mère, elle débarquerait simplement à l'école pour faire une scène. Mes copines musiciennes ? Elles ne mesurent pas pleinement le pouvoir maléfique de Missy Trillin ou la raison pour laquelle je ne me contentais pas de combattre les Princesses. En outre, à cette heure, elles étaient à l'école elles aussi.

Pour finir, il ne m'est plus resté qu'une personne à appeler.

Je serai toujours reconnaissante envers mon frère car ce coup de fil a tout éclairé.

À la seconde où j'ai raccroché, j'ai su ce qu'il me restait à faire.

Une autre grande conversation avec mon frère

CHAPITRE 43

Rue sans issue

Mon plan d'évasion était simple mais pas sans risque pour autant : je suis sortie par la porte d'entrée. Et personne n'a rien dit ni essayé de m'en empêcher.

Mon cœur s'est emballé mais je ne me suis pas retournée. Je me demandais si c'était ainsi que Rafe se sentait lorsqu'il enfreignait le règlement du collège : excité et un peu effrayé tout en étant fier de lui en même temps.

Cela n'avait pas été difficile de trouver l'adresse de Rhonda : elle habitait à quelques rues seulement de l'école. Les maisons, pour la plupart, étaient petites et proches de la chaussée, dépourvues de pelouse sur le devant, avec simplement une allée où garer une voiture et ranger des poubelles. Celle de Rhonda était aussi terne que les autres à l'exception de sa porte d'entrée, creusée d'un vitrail ovale au milieu et qui paraissait toute neuve.

Tandis que je frappais au moyen de l'immense heurtoir, j'ai eu l'impression qu'un des rideaux à motifs fleuris hideux bougeait un peu. Quelqu'un regardait dehors ? Toutefois, personne n'a ouvert la porte. J'ai frappé une nouvelle fois. Puis une autre.

Rhonda me connaît mal, ai-je songé en continuant à cogner. Rafe sait de quoi je parle : je n'abandonne pas facilement.

— VA-T'EN ! a crié Rhonda depuis l'autre côté de la porte.

— Non !

Rafe ne m'appelle pas la plaie pour rien !

J'ai frappé à nouveau avant de sonner trois fois de suite à la porte rien que pour l'énerver.

Rhonda a entrouvert légèrement la porte mais sans retirer la chaîne de sûreté comme si j'étais un cambrioleur ou un témoin de Jéhovah qu'elle cherchait à éviter.

— ON N'EST MÊME PAS AMIES, a-t-elle rétorqué.

— Ne sois pas bête : bien sûr que si on est amies.

— VRAIMENT ?

Rhonda a paru si pleine d'espoir tout à coup que son visage s'est illuminé.

— Évidemment que tu es mon amie. (J'ai avalé ma salive avant de poursuivre.) Rhonda… je suis désolée d'avoir dit ça à Missy. La vérité… c'est qu'au collège, tu es ma meilleure amie.

À l'instant où ces mots ont passé mes lèvres, j'ai su qu'ils étaient vrais. Rhonda était un peu bizarre dans son genre et un peu casse-pieds aussi et, franchement, elle était archi-nulle en matière de style. Mais elle était aussi unique. Et courageuse. Et gentille.

J'ai pensé à Missy et me suis sentie gênée. Comment avais-je pu me soucier un seul instant de son opinion ?

Rhonda a cligné des yeux. Sur ses cils du haut, je voyais des larmes scintiller. Elle a retiré la chaîne de sûreté et ouvert la porte mais ne m'a pas invitée à entrer.

— POURQUOI TU AS DIT À MISSY QU'ON N'ÉTAIT PAS AMIES ?

— Parce que… je suis une imbécile, ai-je confessé. Rhonda, je suis vraiment, vraiment désolée.

Rhonda n'a rien dit mais m'a prise dans ses bras.

Jamais je n'avais connu une telle proximité avec Rhonda et je m'étonnais que son adoucissant sente aussi bon et que ses bras soient d'une telle force douce.

Je peux plus respirer.

— Tu m'écrases, lui ai-je finalement avoué.

Alors, on a relâché notre étreinte et laissé échapper un petit gloussement gêné. En vitesse, Rhonda a passé sa main sur ses yeux : les larmes étaient parties.

— MEILLEURES AMIES ! a-t-elle annoncé gaiement.

— D'accord, mais… (Je me suis mordu la langue.) Rhonda, peut-être pourrais-tu… essayer d'arrêter de me suivre partout ?

— BIEN SÛR, GEORGIA ! JE NE TE SUIS PLUS ! (Elle a réfléchi un moment.) MAIS ON PEUT CONTINUER À PASSER TOUT NOTRE TEMPS ENSEMBLE, N'EST-CE PAS ?

J'ai poussé un soupir. Je suppose que c'était trop demander que Rhonda devienne soudain normale. Mais ce n'était pas grave.

Qui est normal de toute manière ? Missy ?

Ben voyons. À choisir, je prendrais Rhonda sans hésiter.

CHAPITRE 44

K.-O.

Le soir, j'étais assise sur mon tabouret préféré au *Swifty's* tandis que maman effectuait des allers-retours derrière moi telle une abeille. Le restaurant était plein à craquer de la clientèle habituelle du soir, mais le bruit ne me dérangeait pas. Je lisais *L'invention de Hugo Cabret* en sirotant un (*ouah !*) milk-shake au chocolat que maman m'avait autorisé à boire parce qu'un client l'avait renvoyé en cuisine, soutenant qu'il avait commandé un parfum fraise. J'aurais dû être contente.

Seulement, c'était impossible. Missy et sa famille étaient de nouveau installées sur la banquette du coin.

Je me suis efforcée de me concentrer sur mon livre. En vain. Je n'avais qu'une idée en tête : prendre le verre d'eau de Missy et le lui jeter à la figure. Elle se mettrait probablement à fondre comme la Méchante Sorcière du *Magicien d'Oz*. Et ensuite, je pousserais un « clip-clop » – je veux dire « ding-dong » – la sorcière est morte !

Quelqu'un a embrassé mes cheveux et en levant la tête, j'ai découvert maman qui me souriait.

— Ça va ? (Elle s'est appuyée sur le tabouret à côté du mien.) Le milk-shake est bon ?

— Maxi bon.

— Alors pourquoi tu fais la tête ?

CEST MA TÊTE NORMALE LORSQUE JE SUIS DANS UN RAYON DE TRENTE MÈTRES AUTOUR DE MISSY TRILLIN

— Je ne fais pas la tête, ai-je menti. C'est mon visage normal.

Maman a croisé les bras et lancé un regard en direction de la table de Missy.

— Comment ça va à l'école ? m'a-t-elle demandé.

Lorsque ses yeux ont croisé les miens, j'ai soudain été convaincue que ma mère savait tout au sujet de Missy et de la raison pour laquelle je voulais l'asperger d'eau.

— Les mères ont toutes un don de voyance ou quoi ?

Maman a répondu d'un haussement d'épaules.

— Tu veux qu'on en parle ?

— Ça ne va pas… super, ai-je admis. Au collège, j'ai l'impression d'être sur un ring.

— Tu as toujours réussi à te défendre contre Rafe, pourtant, m'a dit maman en me carressant les cheveux.

— Avec lui, ce n'est pas pareil.

— Pourquoi ?

— Parce que c'est Rafe ! (J'ai plongé une longue cuillère à glace dans ma coupe et mélangé mon milkshake.) Et non pas la reine du collège. Missy, oui.

Maman a dardé un nouveau coup d'œil vers la table de l'intéressée.

— Je sais que c'est dur de se défendre parfois. À ton âge, j'avais du mal moi aussi. (Elle s'est mordu la lèvre.) Aujourd'hui encore, il arrive que ce soit dur.

— Alors ça doit être génétique.

Ma mère, les sourcils en forme d'accents circonflexes, a ouvert la bouche pour parler mais Pearl a fait irruption en lançant :

— Julia, tu veux bien t'occuper de la table huit ?

— Bien sûr, a-t-elle acquiescé avant de toucher mon épaule. On en reparle tout à l'heure ?

— D'accord.

Mes mots, cependant, sont restés suspendus en l'air : maman était repartie en coup de vent.

J'ai considéré un instant Missy et me suis rendu compte qu'elle me regardait. J'en ai fait autant à son intention, les yeux plissés.

Attends un peu, Missy Trillin. Ton royaume va bientôt voler en éclats.

CHAPITRE 45

Qui dit revanche, dit qu'il faut creuser deux tombes

Je vais la démolir, même si je dois y passer moi aussi.

Combat de filles.

Vol de filles, tu veux dire.

Telle était la pensée qui hantait mon esprit alors qu'allongée sur mon lit, le soir, je fixais le plafond. Je n'étais pas furieuse. Mais parfaitement calme. Bon d'accord, peut-être un peu agitée.

Missy m'avait insultée, humiliée et trahie. J'avais perdu mon pari contre Rafe. J'avais été collée – deux fois. Je ne voyais pas ce qu'elle pouvait encore me réserver : j'avais tout vu.

J'étais donc libre.

Libre de me venger.

Une image de Mini-Miller s'est matérialisée dans mon esprit : son expression alors qu'il s'éloignait à cloche-pied. J'avais résolu ce problème assez vite. Deux coups de pied dans les tibias et on n'en parlait plus.

En y repensant, je me suis aperçue que maman avait raison. Je *suis* douée pour me défendre. Et Missy, finalement, n'est pas si différente de Mini-Miller, si ce n'est qu'elle s'habille mieux.

Pourtant, lui donner un coup de pied dans les tibias était-il le meilleur moyen de donner une leçon à Missy ? Probablement pas.

Et ce n'était pas les solutions alternatives qui manquaient !

CHAPITRE 46

La vengeance est un plat qui se mange tiède

— Georgia, il est sept heures du matin ! Qu'est-ce que tu prépares à manger aussi tôt ? a voulu savoir maman alors qu'elle entrait dans la cuisine deux jours plus tard.

L'air mal réveillé, elle a battu des paupières en fixant la grande casserole sur la gazinière.

— Juste un dessert.

J'ai remué le riz au lait épais qui mijotait.

— Un dessert ? À sept heures du matin, un jeudi ?

— C'est mon tour d'apporter un truc à manger à l'école aujourd'hui. Une fois par semaine, un élève est chargé d'amener un dessert pour toute la classe.

Oui, je me sentais coupable de mentir à ma mère.

Coupable et un peu fière aussi de me découvrir un talent dans le domaine.

— Quoi ?

Maman a traîné les pieds jusqu'à la cafetière.

— Rafe n'a jamais fait ça, lui.

— Oh, Rafe ! ai-je répliqué l'air de dire « Rafe ne participe jamais aux activités en classe de toute manière ».

Tant qu'elle n'a pas pris son café, ma mère n'a pas les yeux en face des trous ; ce n'est pas bien dur de la berner.

Elle s'en est tenue à un hochement de tête avant de me suggérer d'ajouter un peu de noix de muscade à ma préparation. J'ai suivi son conseil. Ensuite, elle m'a proposé de me conduire à l'école pour m'éviter de transporter l'immense Tupperware dans le bus.

Parfait !

Je suis arrivée tôt au collège et me suis cachée

dans l'une des toilettes des filles près du gymnase. Les Princesses y passaient dix minutes tous les matins avant la première sonnerie. C'est le temps, selon moi, dont elles avaient besoin pour se badigeonner de maquillage et réfléchir à des façons d'insulter des gens parfaitement gentils.

— Vous avez vu les fringues d'Allison Parker aujourd'hui ? Hallucinant ! ai-je entendu Brittany dire au moment où elles débarquaient d'un pas franc.

Juste à l'heure, ai-je remarqué avec joie.

— On dirait un pot de yaourt, a commenté Missy.

Les Princesses ont éclaté de rire.

Patience, me suis-je commandé. *Attends le bon moment.*

J'ai jeté un œil par la fente tandis que Missy étalait du gloss sur sa bouche puis pinçais les lèvres en s'admirant dans le miroir.

— Qui se charge d'annoncer à Madison qu'elle a du brocoli coincé entre les dents ? a-t-elle poursuivi.

— Moi, s'est portée volontaire Bethany. Faut être débile pour manger du brocoli au petit-déjeuner de toute manière !

Missy a fait bouffer ses cheveux avant de se diriger vers la toilette libre près de la mienne.

J'ai compté jusqu'à cinq avant de grimper sur la cuvette ; j'ai soulevé mon Tupperware et laissé échapper un :

— Bleuurrgh !

J'ai fait semblant de vomir le riz au lait partout sur Missy. À l'instant où il a coulé, visqueux, sur le côté de sa tête, elle a hurlé telle une chatte en chaleur. Telle une chatte en chaleur sur laquelle on vient de vomir alors qu'elle était *en train de faire pipi*.

J'ai haussé le volume de mon faux vomissement :
— BLEEEUUUURRGH !

Les autres Princesses se sont précipitées au secours de Missy mais sa porte était verrouillée et l'intéressée ne voyait rien à cause du riz au lait. Elles ont donc tâtonné en vain tandis que je quittais calmement les lieux comme si de rien n'était. Mon seul regret : ne pas avoir pu voir Missy même si je m'étais amusée comme une folle à l'imaginer.

Maman avait raison : la revanche a encore meilleur goût quand on ajoute une pointe de noix de muscade.

Seules les jolies princesses ont le droit de porter des couronnes.

Longue vie à la Reine Brittany !

CHAPITRE 47

Rencontre avec Sa Majesté des Lézards

Je n'étais en classe avec mon prof principal que depuis cinq secondes lorsque la secrétaire est apparue et qu'elle a tendu un mot à M. Grank. Il y a jeté un œil puis a brusquement levé la tête.

— La sœur de Rafe ! a-t-il annoncé. Tu es convoquée dans la fosse à torture de Sa Majesté des Lézards !

— Hum. (Du talon, j'ai poussé le Tupperware de riz au lait derrière mon bureau.) D'accord.

J'ai suivi la secrétaire du collège dans le couloir jusqu'au bureau du directeur.

Un grillon a chanté au moment où je me glissais sur la chaise face à Sa Majesté des Lézards, M. Dwight. Mes poils se sont hérissés alors que sa longue langue surgissait hors de sa bouche pour la refermer dans un grand claquement de dents. Le silence est tombé dans la pièce.

Pauvre grillon.

— J'ai entendu dire que vous marchiez dans les pas de votre frère, Mlle Khatchadorian, a sifflé Sa Majesté des Lézards. Parlez-moi un peu de cet incident de riz au lait.

— Du riz au lait ? ai-je répété, l'air complètement innocent.

Sur mon visage, j'ai affiché ma plus belle expression signifiant « Mais de quoi donc parlez-vous, mon bon monsieur ? », les mains jointes sous mon menton. Une position de non-coupable qui a fait ses preuves dans le passé.

Hé, hé, hé, a gloussé le reptile géant. Flippant ! Sa Majesté des Lézards a tendu une main pleine d'écailles et tapé ses griffes sur le bras de son trône.

— Allons, allons, Mlle Khatchadorian : quelqu'un a renversé un récipient de riz au lait sur Missy Trillin et vous êtes la principale suspecte.

Vous noterez que je n'ai même pas menti !

Mais quelque chose dans les pupilles jaunes de Sa Majesté des Lézards me disait qu'il ne me croyait pas. J'ai mordu ma lèvre et souri nerveusement. Si seulement il avait pu me poser une question au moins, histoire que je ne sois pas obligée d'attendre ici sans rien dire jusqu'à ce que mort s'ensuive pour l'un d'entre nous.

À cet instant, quelqu'un a frappé à la porte. Avant que Sa Majesté des Lézards ait eu le temps de crier « Entrez », l'avocat de la défense à mon service a pénétré dans la pièce. Enfin, j'imagine qu'il était censé être mon avocat.

Rafe, de son prénom.

CHAPITRE 48

Ceci mérite deux chapitres

—**V**ous vous être trompé de suspecte, a affirmé
mon frère.

Dans un grand bruit, il a posé sur le bureau de Sa
Majesté des Lézards une mallette d'où une liasse de
feuilles s'est échappée. Rafe en a ramassé une.

— Première pièce à conviction, a-t-il repris.

— Qu'est-ce que c'est que ça ?

Sa Majesté des Lézards a froncé les sourcils face au
papier.

— Son bulletin de l'année passée. (Rafe a brandi
une autre feuille.) Et voici celui de l'année d'avant. Et
celui d'un an plus tôt encore. Comme vous pouvez le
constater, elle n'a eu que des A.

Sa Majesté des Lézards a scruté les documents
puis il a subitement craché une colonne de feu qui

a réduit mes bulletins en tas de cendres. Mon frère, cependant, ne s'est pas laissé démonter.

— Georgia a également fourni de grands efforts, ce qui – honnêtement – est un peu révoltant. C'est vrai, il faut être malade pour faire autant d'effort en heure d'étude !

— Si vous essayez de prouver quelque chose, M. Khatchadorian, je vous suggère d'aller au but rapidement, l'a menacé Sa Majesté des Lézards. Une vilaine faim me tenaille.

— Euh… d'accord. Ce que je veux dire, c'est que Georgia était une élève modèle jusqu'à ce qu'elle entre au collège de Hills Village. Tout ça, c'est ma faute.

— Rafe ?

J'étais tellement stupéfaite : je n'ai rien trouvé d'autre à dire.

Mon frère s'est tourné face à moi.

— Je suis désolé, Georgia. Je sais que tout le monde te croit coupable parce que j'ai fait plein de bêtises ici. Mais… (Il s'est retourné pour regarder Sa Majesté des Lézards.) Georgia n'est pas *moi*. Loin de là.

Un long silence s'est installé qui me rappelait une route sinueuse menant on ne sait où. Je fixais Sa Majesté des Lézards qui me dévisageait en retour.

— Vous avez quoi que ce soit à ajouter ? a dit Principalzilla.

J'ai cligné des yeux et Rafe s'est volatilisé.

Vous aviez compris depuis le début qu'il n'était pas là, n'est-ce pas ? Enfin, que ferait-il à mon école en plein milieu de la journée ?

N'empêche, cette rêverie éveillée m'a réconfortée.

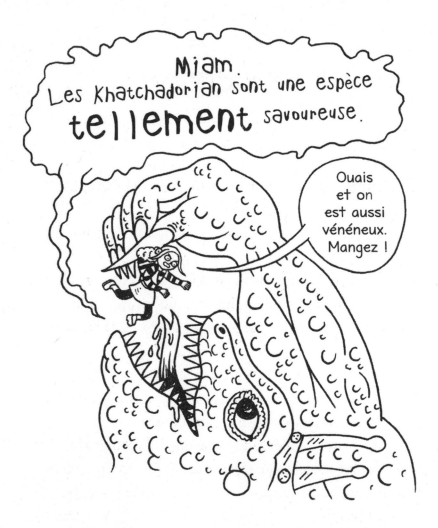

Crime et châtiment

— **P**ourquoi pensez-vous que c'est moi la coupable ?
ai-je demandé.

Sa Majesté des Lézards a ouvert un tiroir pour en
sortir un crapaud.

— Nous avons des témoins, Mlle Khatchadorian.

Il a fourré la bestiole dans sa bouche ; j'ai vu la
bosse au niveau de sa gorge au moment où il l'avalait.

— Oh.

J'aurais dû m'en douter. Bethany et Brittany
étaient dans les toilettes elles aussi. J'imagine
qu'elles avaient dû me voir finalement.

— Vous serez collée une semaine, bien entendu,
a déclaré Sa Majesté des Lézards. Et j'exige que vous
rencontriez Mme Jordan.

— La psy ?

— La psychologue du collège, en effet. (Sa Majesté des Lézards a sorti puis rentré la langue.) Elle connaît vos antécédents familiaux.

— Oh, très bien. Elle pourra peut-être m'aider avec mon arbre généalogique, ai-je répliqué.

(Pas vraiment. Je l'ai pensé mais je ne l'ai pas dit. Vous vous la joueriez sarcastique avec un reptile géant, vous ?)

Sa Majesté des Lézards s'est penché vers l'avant. Son haleine me rappelait l'odeur des poubelles en plein mois d'août un jour de grève des éboueurs.

— La prochaine fois que vous venez dans mon bureau, Mlle Khatchadorian, je n'hésiterai pas à vous expulser, a-t-il grondé. J'en ai plein les pattes des Khatchadorian. La prochaine fois, vous ne vous en sortirez pas aussi facilement.

Les jambes flageolantes, je me suis levée pour fuir son antre, soulagée d'être encore en vie. Mais comment savoir ce qui m'attendait dans la prochaine grotte du désespoir ?

Dinguologie

Dès que je me suis assise sur la chaise face à la sienne, la psychologue de l'école m'a accueillie chaleureusement.

— Ne dites pas ça sur ce ton, s'il vous plaît.

Mme Jordan a pris appui contre le dossier de sa chaise, les yeux rivés sur moi.

— Quel ton ?

— En lettres capitales avec un point d'exclamation à la fin. (Je me suis assise, les mains sous mes cuisses.) Rafe et moi, on n'est pas pareils. En plus, il n'est pas aussi terrible que tout le monde le croit.

J'ai repensé à la manière dont il m'avait aidée lors du vide-grenier et dont il m'avait défendue devant Sa Majesté des Lézards – même si ça ne s'était pas produit dans la réalité – et j'ai ressenti un drôle de truc – comme une explosion de chaleur à l'intérieur.

— Hum. (Mme Jordan a pris un crayon qu'elle a tapoté sur la table plusieurs fois de suite.) Alors, qu'est-ce qui t'amène ici, Georgia ?

Euh, le commandement royal de Sa Majesté des Lézards ?

— C'est une longue histoire.

— J'ai tout mon temps.

J'ai soupiré. De toute évidence, je n'allais pas pouvoir sortir d'ici avant d'avoir livré mon autobiographie.

J'ai opté pour la version courte.

— Tu penses pouvoir accélérer un peu ? a voulu savoir Mme Jordan.

— J'ai renversé un Tupperware de riz au lait sur la tête de Missy Trillin pendant qu'elle faisait pipi.

— Je vois. (Mme Jordan a hoché la tête.) Nous voici enfin dans le vif du sujet.

CHAPITRE 51

Et la dinguologie continue

Tellement GÉNIAL que j'ai encore failli me transformer en pom-pom girl ! !

— **D**onc, tu as renversé du riz au lait sur la tête de Missy, a répété Mme Jordan. (Elle a piqué sa joue flasque avec le bout de son crayon où il y avait la gomme.) Et cela t'a procuré quelle sensation ?

— Je me suis sentie affreusement mal.

Mme Jordan a levé un sourcil.

— Bon, d'accord, c'était plutôt génial, ai-je avoué.

— Je suppose que tu avais des raisons de renverser du riz au lait sur Missy Trillin, a poursuivi Mme Jordan.

Elle a coincé le crayon derrière son oreille.

— De bonnes raisons, ai-je affirmé. Missy est une terreur.

La psychologue, les lèvres pincées, semblait avoir du mal à croire ma déclaration.

— J'ai consulté ton dossier scolaire : tu es bonne élève, Georgia. En tout cas jusqu'ici. Jusqu'à ton arrivée dans ce collège.

J'ai répondu d'un haussement d'épaules.

— Tu ne redoutes pas du tout la réaction de ta mère lorsqu'elle apprendra ce qui est arrivé ?

J'ai rougi comme une tomate. J'avais envie de rétorquer « pas du tout » mais au lieu de cela, c'est un petit « oui » étouffé qui est sorti.

— Hum. (Mme Jordan a pris le crayon de derrière son oreille pour se gratter le crâne avec.) Mais ton frère, Rafe, enfreint sans arrêt le règlement, n'est-ce pas ?

— Et alors ?

Elle a fait une moue de côté.

— Donc, ta mère devrait avoir l'habitude depuis le temps.

— Je vous l'ai dit : je ne suis pas Rafe.

— Hum. (La psy s'est inclinée vers l'avant pour me fixer comme si j'étais une grenouille qu'elle aurait voulu disséquer.) D'après toi, Georgia, c'est ta difformité physique qui te pousse à vouloir te faire remarquer ?

J'ai eu la sensation que je venais de recevoir un coup de poing en pleine figure. J'étais sans voix… puis assaillie par plein de trucs à dire. Si j'avais raconté cette histoire à la télé, il aurait fallu remplacer un grand nombre de mots par des « bip ».

Seulement, je n'ai rien répondu. Je suis restée assise à prendre de grandes inspirations bruyantes.

— Je vois que j'ai touché un point sensible.

— Il faut que je retourne en cours.

Là-dessus, je me suis relevée et j'ai quitté son bureau, laissant les autres patients dingues derrière moi.

CHAPITRE 52

Jeanne Galletta est en réalité une princesse

Après les cours, je suis retournée à la cafétéria pour aider M. Adell à nettoyer les tables sales. Le seau plein de bactéries m'a paru moins répugnant la deuxième fois. J'en déduis que mes critères ont nettement diminué.

Au moins, cette fois, il n'y avait pas de Princesses pour étudier le moindre de mes mouvements. En tout cas, c'est ce que je pensais.

— Georgia ?

Jeanne a donné un petit coup sur la porte en verre. Je l'ai ignorée. Ce qui n'était pas facile, d'ailleurs.

J'ai ouvert la porte en grand.

— Qu'est-ce que tu veux ?

Je n'étais pas très aimable mais je m'en fichais.
J'ai examiné ses mains afin de m'assurer qu'elles ne
tenaient pas de riz au lait pour se venger.

— Je, euh, je voulais t'informer que Missy, Bethany
et Brittany ne veulent pas que ton groupe joue à la
soirée…

— Ça m'est égal.

Jeanne, néanmoins, a continué sur sa lancée.

— … mais je leur ai dit d'aller se faire voir.

— Tu… quoi ?

J'étais tellement surprise que j'en ai lâché mon
éponge puante.

Jeanne a jeté un coup d'œil par-dessus son épaule
comme si elle avait peur que quelqu'un nous épie.

— Je sais que Missy a… euh… ses raisons de ne
plus vouloir que tu participes. Mais il va falloir qu'elle
s'en remette.

— Ouais.

Je n'étais pas certaine de la bonne façon de réagir.
Jeanne me rendait service mais je n'étais pas sûre de
vouloir accepter. N'empêche, c'était gentil de sa part.

— Euh, merci ?

Jeanne a répondu d'un signe de tête avant de
tourner les talons. Elle s'est arrêtée en cours de route,
avant de franchir la porte.

— Georgia, l'autre jour, quand je t'ai dit que

j'aimais bien tes cheveux ? a-t-elle commencé après s'être retournée.

— Ouais ?

J'ai plissé les yeux.

— Je voulais juste que tu saches que j'étais sérieuse. Je ne peux pas sentir Missy. J'aurais voulu avoir le cran de lui verser du riz au lait sur la tête moi aussi.

Alors, elle a poussé la porte et elle a disparu.

Je suis restée un moment sans bouger à la regarder s'éloigner.

L'opinion que j'avais de Rafe venait de remonter jusqu'à la lune. Évidemment, elle avait commencé à une altitude d'une trentaine de kilomètres… sous la surface de la Terre, mais quand même… son goût en matière d'amis était bien meilleur que ce que je pensais.

Peut-être était-il le seul capable de reconnaître une vraie princesse quand il en voyait une.

CHAPITRE 53

L'acharnement ne garantit pas la perfection

Après ma retenue, je me suis dépêchée de rentrer chez moi pour répéter. La soirée était ce week-end et c'était donc plus ou moins notre dernière chance d'en mettre un grand coup avant la Bataille du Rock. On avait même un public : Rafe, Rhonda et maman.

Attendez ! Elle est **EN FEU !**

— Ouah ! s'est exclamé Rafe au bout d'une demi-heure environ. C'était incroyable.

— Vraiment ? a demandé Patti.

— Ouais… (Mon frère écarquillait les yeux, l'air super sérieux.) On aurait dit un tracteur qui tombe d'une falaise.

ALLEZ-Y !

— NE L'ÉCOUTEZ PAS ! est intervenue Rhonda. VOUS ÉTIEZ SUPER !

J'ai jeté un coup d'œil à ma mère.

— Oui, a-t-elle dit doucement. Je pense que vous faites… des progrès, les filles.

J'ai rugi intérieurement. Elle n'avait pas pu trouver mieux. Et c'est ma mère ! On devait vraiment être très nulles.

Les Nulles vont couler comme le *Titanic*.

Mari a poussé un soupir et déclaré :

— Eh bien, il ne nous reste plus qu'à monter sur scène et à donner le meilleur de nous-mêmes.

— Je ne suis pas inquiète, a dit à son tour Nanci. (Elle a sorti un sachet de chips de son sac à dos et l'a ouvert.) C'est notre premier concert : ce n'est pas la fin du monde si on n'est pas parfaites.

— Pour vous peut-être pas, ai-je grommelé. Ce n'est pas votre école. Même si vous vous tapez la honte, vous ne connaîtrez personne de toute manière.

— QU'Y A-T-IL DE HONTEUX À ÊTRE GÉNIALES ? a lancé Rhonda.

Nanci, l'air pensif, a croqué une chip.

— Tu veux déclarer forfait ? a voulu savoir Patti.

Oui, ai-je songé. Mais alors le visage de Missy avec son sourire méprisant est apparu dans ma tête et je me suis rendu compte que c'était exactement ce qu'elle cherchait. Je préférerais écoper de toutes les corvées de Rafe pendant six mois (ce à quoi je n'échapperais pas quoi qu'il en soit) plutôt que faire plaisir à Missy. En plus, je ne pouvais pas laisser tomber Jeanne maintenant qu'elle avait plaidé en ma faveur.

— Non, ai-je finalement répondu.

Mari a souri :

— Tout va bien aller.

— Ouais, a acquiescé Rafe. Si vous comptez écoper d'une amende de deux cents dollars pour tapage nocturne, c'est certain que vous allez y arriver !

Il a gloussé à sa propre plaisanterie.

— Oh, boucle-la, Rafe, ai-je répliqué.

Les mâchoires serrées, j'ai baissé les yeux sur ma guitare. *Ne t'inquiète pas*, me suis-je rassurée moi-même. *Tu ne seras pas si terrible que ça.*

Et même dans ce cas, ce n'est pas grave. La situation à l'école ne peut pas être pire que ce qu'elle est, si ?

Sans commentaire.

CHAPITRE 54

Comment je suis devenue une princesse

Je jure que j'avais prévu de tout raconter à maman à propos du riz au lait et de ma colle à la minute où les filles du groupe rentreraient chez elles. Je le jure. C'est juste que… j'avais un peu peur qu'elle ne me laisse pas aller à la soirée si j'en parlais. Je voulais m'assurer de présenter les choses de la bonne façon.

3 STRATÉGIES pour TOUT AVOUER à sa MÈRE par G. K.

Option 1 : L'embrouiller.

M'man, j'ai des nouvelles pas vraiment super bonnes mais pas non plus hyper terribles et surtout dix fois moins graves que celles de Rafe quand il rentre de l'école et patati et patata…

Option 2 : L'apitoyer.

Mamounette chérie, j'ai été trahie par les camarades mêmes sur lesquelles je comptais tellement pour m'accepter telle que je suis.

Option 3 : Accuser quelqu'un d'autre.

C'est sa faute !

— JE SUIS
IMPATIENTE DE TE
MONTRER MA ROBE
POUR LA SOIRÉE ! a
annoncé Rhonda.

Une fois de plus, elle
m'avait suivie jusque chez
moi pour assister à notre
répétition mais les autres
n'arriveraient pas avant
plusieurs heures.

— TU VAS PORTER
QUOI, TOI, GEORGIA ?

Maman a penché la
tête comme si elle était
particulièrement intéressée par ma réponse.

— Je… je n'y ai pas encore réfléchi, ai-je admis.

— EH BIEN, TU DEVRAIS ! s'est écriée Rhonda.
TU VAS ÊTRE SUR SCÈNE !

— Et c'est ta première soirée à l'école, a approuvé
maman. Rhonda a raison. Je vais t'emmener chez
Smythe and Smythe.

— Le grand magasin avec des fringues chic ?

Je n'y avais mis les pieds qu'une fois auparavant
et une femme gigantesque et effrayante, sans
sourcils, m'avait aspergée avec un vaporisateur
de parfum-qui-pue. J'avais mis deux jours à me
débarrasser de l'odeur.

C'est aussi la raison pour laquelle j'ai oublié
de mentionner ma retenue : je suis allée faire les
boutiques avec Rhonda et ma mère.

Sur place, je me suis dirigée droit vers le rayon des
soldes où les fashionistas mourraient de honte.

La mode
du sac à
patates n'a
jamais pris.

Je ne
survivrais
jamais
aux quelques
mots bien
choisis de Rafe
contre celle-ci.

Excellent
pour les
top models...
ou les girafes !

— Il n'y en a aucune qui me ressemble vraiment,
ai-je conclu.

— ET CELLE-LÀ ? a proposé Rhonda.

Rien qu'à entendre
l'excitation dans sa voix,
j'imaginais quel genre
de tenue elle avait dû
choisir.

Heureusement,
mon imagination ne
fonctionnait pas du tout.

— Oh, j'adore ! s'est

C'EST
TELLEMENT
NOUS !

exclamée maman en prenant le cintre de Rhonda
avant de m'agripper par le bras. Georgia, il faut que
tu l'essaies.

Je me suis donc exécutée.

Avant même de sortir de la cabine, je savais que
c'était la robe parfaite. Seulement, lorsque je me
suis présentée, Rhonda a poussé un grand cri puis
elle a sauté sur ma mère pour l'étreindre avec force.

— Tu es superbe, Georgia, m'a complimentée
maman.

J'ai tourné sur moi-même pour m'examiner dans
le miroir à trois pans. Superbe ? N'oublions pas
que c'est ma mère. Enfin, je reconnais que la robe
m'allait tout de même vraiment bien.

— PRENDS ÇA, MISSY TRILLIN ! a piaillé
Rhonda.

Son commentaire
m'a fait sourire. *Ouais,
effectivement, j'ai un peu
l'air d'une princesse*, ai-
je songé. *Dans le bon
sens
du terme.*

Ça devrait faire
l'affaire.

CHAPITRE 55

L'étrange vérité

Je réfléchissais encore à un moyen d'aborder le problème de ma retenue quand maman et moi sommes revenues à la maison. Seulement, ma mère a filé tout droit dans sa chambre pour aller fouiller au fond de son placard.

— Qu'est-ce que tu fais ? l'ai-je interrogée.

— Tu verras. (Elle a sorti une vieille boîte à chaussures cabossée avant de me décocher un sourire triomphant.) Viens t'asseoir près de moi.

Le placard de ma mère était plutôt douillet, tout compte fait. Elle a soulevé le couvercle de la boîte : à l'intérieur, il y avait une pile de vieilles photographies.

— Hum, celle-là, tu peux la brûler, ai-je dit en prenant une photo sur laquelle j'étais déguisée en poulet pour Halloween, l'année de mes trois ans.

— Tu plaisantes ? a répliqué maman en gloussant. Elle est adorable, cette photo !

Fait par mamie Dotty.

PALME DU CRÉTIN

Avant qu'il devienne si pénible.

— Ah ! La voilà !

Maman a brandi une photo.

— C'est qui ?

— Moi ! (Elle s'est mise à rire.)
À ma soirée de sixième.

— Toi ? (J'ai fixé l'image.) Ouah.
C'est vachement bizarre : je ne
te ressemble pas du tout au
même âge.

Mamie Dotty est apparue
dans le couloir.

— Pourquoi devriez-vous vous
ressembler toutes les deux ? a-t-elle soulevé.

— Maman, tu permets ?

Sur ce, ma mère a fermé la porte du placard.
Pendant un moment, il faisait tellement sombre que
je n'y voyais rien. Alors, maman s'est levée pour tirer
sur la ficelle de l'ampoule. Cela venait peut-être de
l'éclairage au plafond mais son visage a soudain paru
bizarre.

C'était le moment de lui avouer que j'avais été
collée mais je me suis contentée de murmurer :

— Qu'est-ce qu'elle a, mamie ?

— Comment ça ?

— Eh bien, tu es ma mère mais Dotty n'a pas l'air
de trouver cela normal qu'on agisse de la même façon
ou qu'on se ressemble. Elle va… bien, d'après toi ?

Je commençais à me faire du souci à propos de la santé mentale de mamie Dotty. On aurait dit que son cerveau prenait congé de son corps de plus en plus longtemps. Je pouvais le comprendre : je ne voudrais pas être ainsi coincée sans arrêt dans sa tête non plus.

— Dis-lui, Julia, a dit mamie de l'autre côté de la porte du placard. Elle est intelligente : elle finira par comprendre. Dis-lui sinon c'est moi.

— Maman, tu veux bien… nous laisser ! S'il te plaît !

C'était la première fois que ma mère haussait le ton sur Dotty. En tout cas devant moi. C'était de plus en plus étrange. Pourtant, j'ai entendu les bruits de pas de ma mamie se dissiper alors qu'elle quittait la pièce. Ma mère a expiré dans un soupir.

— Georgia, j'ai quelque chose à te dire. (Elle a posé les yeux sur la drôle de photo d'elle en sixième.) Mais je ne sais pas par où commencer.

Elle semblait si mal à l'aise que j'ai cru qu'elle s'apprêtait à me parler de contraception, ce qui ne m'inspirait qu'une réaction :

BEURK.

— Euh… t'inquiète, maman. J'ai déjà appris ça en cours de bio, l'ai-je prévenue.

Elle s'est mordu la lèvre.

— Non, Georgia… (Elle a pris ma main pour la serrer délicatement.) Ma chérie, je ne sais pas comment dire ça donc je vais me lancer sans trop réfléchir…

Je t'ai adoptée, ma puce.
Et bla bla bla exactement pareil bla
bla bla tellement désolée de ne pas t'en
avoir parlé plus tôt, évidemment tu es
assez vieille pour comprendre mais patati
et patata Rafe blabla Leo patati
je t'aime bla bla bla...

Désolée, ce compte rendu n'est pas parfaitement
exact. Mon cerveau a en quelque sorte disjoncté après
le mot « adoptée ».

Mais ça avait du sens. Ça expliquait tout. Pourquoi
je ne ressemblais pas à maman. Pourquoi je n'agissais
pas comme Rafe.

Le cerveau de mamie n'était pas rongé par les vers.

C'était ma *vie* qui l'était.

CHAPITRE 56

Julia raconte tout

— Lorsque Rafe et Leo sont nés, j'étais tellement heureuse. Mais Leo est tombé malade puis il nous a quittés.

— C'est encore très dur pour moi d'en parler. Je ne voulais pas sortir de la maison. Sous aucun prétexte. Cela s'appliquait à Rafe aussi : je refusais de le laisser jouer avec le moindre objet dur ou toucher quoi que ce soit qui ait traîné par terre ou même de s'asseoir sur le canapé car j'avais peur qu'il tombe.

Je devenais folle et je nous rendais tous les deux malheureux. C'est alors que je me suis rendu compte que j'avais besoin d'occuper davantage mon cerveau plutôt que l'inverse. Il me fallait un nouvel exutoire. Un autre bébé. Et je t'ai donc adoptée.

Maman s'est interrompue, me couvant du regard comme si elle tentait de lire dans mes pensées. Je voyais bien qu'elle cherchait vraiment à ce que je comprenne…

Seulement, je n'étais pas certaine de *tout* comprendre.

— Tu m'as adoptée pour remplacer Leo ?

— Non, a répondu maman, mais à sa voix qui tremblait bizarrement, j'aurais juré que cela signifiait « peut-être ».

Rafe et Leo étaient jumeaux. Je ne pourrais jamais prendre la place de Leo. Pas étonnant que j'aie toujours l'impression de devoir être parfaite, de ne pas être celle que je devrais être. Je ne l'étais pas, en effet.

Parce que je n'étais pas Leo. Je ne le serais jamais.

Sans moi !

Je n'ai pas avoué à ma mère que j'avais eu une retenue. À quoi bon ? De toute manière, je n'irais plus à la soirée maintenant.

Je suis passée par la fenêtre de ma chambre pour rejoindre le toit de la véranda, à l'arrière. C'est mon refuge quand j'ai besoin de solitude.

J'ai observé le ciel. La lune était asymétrique : presque ronde mais pas tout à fait. Et il y a trop de lumières là où j'habite donc je ne voyais qu'une ou deux étoiles.

— Tu comptes faire un vœu si tu vois une étoile filante ? m'a demandé Rafe, penché à sa fenêtre.

J'ai réfléchi à tous les vœux que je formulais habituellement : gagner au loto, jouer dans une série télévisée sur Disney Channel, casser la baraque à la Bataille du Rock…

Aucun de ces vœux ne semblait avoir encore d'importance.

— Quel intérêt ? ai-je dit.

— Ça pourrait se réaliser. Ça t'embête si je m'assois ici, moi aussi ?

— Oui.

— Super.

Rafe est venu se joindre à moi. J'ai poussé un soupir. Je pensais «oui, ça m'ennuie» et non pas «oui, viens t'asseoir avec moi». Mais, Rafe se montrait gentil et je n'avais pas franchement l'énergie de lui expliquer que je voulais rester seule.

Mon frère est resté silencieux ; étendu près de moi, il fixait la lune irrégulière.

— Tu savais ? ai-je lancé en l'air.

Pendant un long moment, il n'a pas dit un mot. Dans le jardin, un grillon solitaire chantait. Je commençais à croire que Rafe s'était endormi. Je m'apprêtais à lui donner un petit coup lorsqu'il a répondu :

— Oui.

— Quand est-ce que maman te l'a annoncé ?

— Elle n'a pas eu besoin. Je me souviens.

Je savais qu'on ne s'entendrait pas dès le début.

Tout à coup, j'ai eu le vertige. Heureusement que j'étais allongée.

— C'est pour ça que maman fait toujours plus attention à toi… À cause de ça et de ta jambe.

— Plus attention à moi ? ai-je soulevé. Tu es sérieux ?

— Sans toutes mes bêtises, maman oublierait probablement que j'existe. C'est comme ça depuis le jour où on t'a ramenée à la maison.

Le jour où on t'a ramenée à la maison. Quelque chose, dans ces paroles, a déclenché un flot de larmes. J'ai lutté afin d'être la plus discrète possible. Les larmes coulaient jusque dans mes cheveux.

— Tu es ma sœur, Georgia, a repris Rafe. Tu l'as toujours été.

Alors, il a pris ma main et j'ai bien cru que j'allais éclater en mille morceaux.

J'ai refoulé mes larmes et dégluti avec peine.

— Et maintenant on fait quoi ? On se prend dans les bras ? ai-je interrogé Rafe.

— Non merci. Ton haleine est aussi mauvaise que ton groupe.

— Je savais bien que le vrai Rafe était caché là-dessous.

— Quoi ?

— Bref. Laisse tomber.

— À propos, c'est aujourd'hui ta soirée, non ? Tu n'es pas censée te préparer ?

Mon frère a roulé sur le côté afin de m'examiner.

— Je ne suis pas d'humeur.

— Tu vas planter ton groupe ?

Je n'y avais pas songé du tout. Rafe avait raison : je ne pouvais pas laisser tomber Mari, Nanci et Patti. Sans oublier Sam. J'avais promis de danser avec lui. Si je n'y allais pas, il aurait dépensé trois dollars pour M. Banane pour rien.

Je me suis tournée sur le flanc pour être face à mon frère.

— Tu as raison.

Il a souri jusqu'aux oreilles.

— Comme d'habitude.

— C'est un moment important, Rafe : ne le gâche pas.

— Désolé.

Je suis les conseils de Rafe ? C'est le début de la fin, non ?

((CHAPITRE 58))

Ma première soirée au collège
(Je ne l'oublierai jamais, si ?)
(Aucune idée.)
(Bah… probablement que si.)

Debout, devant la double porte, j'ai pris une grande inspiration. La musique de la fête me parvenait à travers le mur. Allez, tu vas y arriver : *il suffit d'entrer*, me suis-je encouragée.

Seulement mes jambes refusaient d'avancer. Missy occupait mes pensées telle une mouche qui ne cesse de vous tourner autour jusqu'à vous rendre fou. J'entendais d'ici les choses affreuses qu'elle me sortirait :

— Tire-toi, JAMBE DE BOIS ! TRAÎNE-TOI jusqu'à la porte et retourne d'où tu viens. T'es MOCHE comme un pou dans cette robe.

Il ne me restait plus qu'une chose à faire.

J'ai poussé les portes et haleté de surprise.

Le gymnase était magnifique. Le comité d'organisation des fêtes avait trop bien réussi la décoration au moyen de ballons argentés, avec des bandes de tulle assorti qui tombaient du plafond. Et – miracle ! – ils étaient parvenus à se débarrasser de l'odeur de vieilles chaussettes puantes ; désormais, la salle sentait même le shampooing de Missy.

CLAC !

Ma couronne est fichue !

Dans un coin, une table était couverte de cupcakes et de biscuits. À l'extrémité du gymnase, une scène s'élevait derrière un rideau rouge. En lettres couleur argent scintillaient les mots BATAILLE DU ROCK !

Mon estomac a accompli un salto à la manière d'un gymnaste aux JO. Je n'en revenais pas que Missy ait réussi à décorer le gymnase sur le thème de « Venise au clair de lune ».

— Hé ! (Sam m'a tapé sur l'épaule.) Tu es drôlement belle. J'aime beaucoup ta robe.

Il a souri de toutes ses dents, ce qui a creusé ses fossettes.

Mon estomac a effectué un nouveau saut périlleux. Visiblement, il visait la médaille d'or.

— Merci !

Il était beau lui aussi mais j'ignorais comment lui dire sans passer pour une cruche. Du coup, j'ai opté pour :

— J'aime bien ta cravate.

— Je savais qu'elle te plairait.

Il y avait des singes dessus.

J'ai rougi en songeant : *Il a mis cette cravate pour moi !* Mon estomac a tenté de remonter jusqu'à ma gorge. Je cherchais les mots justes mais sentais que mon cerveau était pour l'instant en pause syndicale. Alors je suis restée plantée là bêtement à observer ceux qui dansaient. La boule à facettes projetait des cercles lumineux tout autour de la pièce. C'était un peu comme être à l'intérieur d'une boule à neige.

— Tu veux danser ? m'a proposé Sam.

— Bien sûr que non. (La voix venait de derrière Sam.) Tu crois qu'elle a envie de traîner la patte sur la piste de danse ?

Missy, dans sa robe de princesse à paillettes, avec ses cheveux luisants et son sourire ultra blanc, me dévisageait, un rictus méprisant aux lèvres.

Mon estomac s'est noué. J'étais tellement sous le choc que j'en étais sans voix.

— Missy, pourquoi ne pas aller te jeter tête la première d'une gondole ? a répliqué Sam en me prenant par la main pour m'emmener vers la piste de danse.

Sur place, cependant, j'ai eu un moment d'hésitation.

— Ça ne va pas ? a voulu savoir Sam.

Je me suis mordu la lèvre.

— Sam, Missy est…

— Une imbécile ?

— Euh… ça se pourrait, mais elle a raison.

J'ai baissé les yeux sur mes pieds. Ma peau était moite et froide, comme si ma honte avait fait chuter la température de la pièce de plusieurs degrés. J'avais aussi un peu la nausée. *Et si je couvais quelque chose ?*

Sam a tendrement effleuré mon épaule.

— Tu n'es pas obligée de danser si ça ne te dit
rien, Georgia.

Ses yeux étaient d'un bleu incroyablement profond.
Ils me rappelaient les bouteilles d'eau minérale
en verre que mamie Dotty aimait acheter dans les
brocantes. J'imaginais la lumière passer à travers
de la même façon que le soleil par les bouteilles que
mamie pose sur le rebord de fenêtre. Soudain, le froid
qui s'était emparé de moi s'est atténué.

J'étais rassurée de constater que Sam comprenait
que je n'aie pas envie de me ridiculiser en dansant.
Seulement, il y avait un problème…

— Mais j'ai envie, ai-je affirmé.

Et c'était vrai. Très vrai.

Après tout, c'était ma soirée !

Ma toute première soirée au collège !

Et un beau garçon voulait danser avec moi !

Pas le genre de truc qui arrive tous les week-ends.

Sam m'a souri.

— Excellent. Parce que tu m'a déjà promis une
danse de toute façon.

On a posé un pied sur la piste juste au moment
où la musique s'arrêtait. Le DJ a mis un slow juste
après.

Sam a mis ses bras autour de ma taille et j'ai
bien cru que j'allais m'évanouir. Au lieu de cela, j'ai
posé la tête sur son épaule. Danser n'était pas du

tout difficile : il suffisait de traîner les pieds d'avant en arrière. Peut-être l'odeur du shampooing de Missy mélangée aux lumières de la boule à facettes agissaient-elles sur mon cerveau mais j'avais l'impression d'être dans un merveilleux rêve rose.

Je ne voulais plus jamais me réveiller.

Naturellement, trois minutes plus tard, tout s'est terminé.

CHAPITRE 59

Le groupe disjoncte

— **J**e ne veux pas y aller. S'il te plaît, ai-je supplié Sam. J'aurais voulu continuer à danser un slow avec lui pour l'éternité.

— J'ai vraiment hâte de vous entendre, s'est réjoui Sam. Ça va être super !

— Super ? ai-je répété. Ouais, super pour *Missy*.

— Tu n'as pas peur d'elle, dis ? Elle ne peut rien contre toi.

Oh, probablement rien de grave mais… Elle pourrait forcer tout le monde à pousser des « booouuuuh » ? Me bombarder la tête de tomates ? Envoyer Fabio me faire pipi sur la jambe ?

Sam a dû lire la terreur sur mon visage :

— Tout ira bien, j'en suis certain.

— Ne la laisse pas se servir d'un crochet contre moi, c'est tout ce que je te demande.

— Tu veux dire comme le Capitaine Crochet ?

C'était une pensée *vraiment* effrayante.

— N'importe quel sorte de crochet.

Sam a promis de me protéger et il m'a accompagnée au pied de la scène. Nanci, Mari et Patti étaient là, à écouter le premier groupe endormir tout le monde avec leur répertoire soporifique.

Rhonda s'est empressée de nous rejoindre.

— L'HEURE EST VENUE QU'ON LEUR FASSE ÉCLATER LES TYMPANS ! a-t-elle déclaré à voix aussi basse que d'habitude.

— Euh, les filles, j'ai dit à Rhonda qu'elle pouvait chanter une chanson avec nous.

J'ai ponctué ma déclaration d'une grimace. Je ne suis pas certaine de ce que j'escomptais comme résultat : des halètements d'horreur ? Des cris ?

— D'accord, a dit Nanci.

Mari a hoché la tête.

— Aucun souci.

— Bienvenue parmi Les Nulles, a dit Patti à Rhonda qui s'est éclairée tel un arbre de Noël.

— Alors, c'est bon, ai-je conclu.

Finalement, pourquoi Rhonda ne pourrait-elle pas chanter avec nous ? On ne pouvait pas être pires de toute manière.

Le groupe qui nous précédait a terminé et Missy nous a annoncées.

— J'ai eu l'occasion d'entendre le groupe suivant jouer et je peux vous assurer une chose : elles portent bien leur nom. Un conseil : mettez vos boules Quiès. Et éventuellement un bandeau sur vos yeux. Mesdames et messieurs, applaudissez… Les Nulles !

Quelques applaudissements à moitié enthousiastes ont retenti. Une personne a sifflé. Sam, probablement.

Mais Rhonda, elle, s'est aussitôt jetée sur le microphone d'un pas lourd pour crier :

— VOUS ÊTES PRÊTS À BOUGER ?

— Ouais ! s'est écrié Sam.

L'écho de sa voix a résonné dans le gymnase plongé dans le silence.

— JE N'AI RIEN ENTENDU ! J'AI DIT : VOUS ÊTES PRÊTS À BOUGER ?

— Ouais ! sont intervenus un plus grand nombre de gens cette fois.

— ENSEMBLE, ON VA CASSER LA BARAQUE !
(Rhonda s'est tournée vers nous.) UN, DEUX, UN-
DEUX-TROIS-QUATRE !

On s'est déchaînées. Rhonda a arraché le micro
de son pied.

Et laissez-moi vous dire un truc : Rhonda était
EXTRAORDINAIRE.

Oui, je suis sérieuse.

Non, vraiment.

Vraiment !

Les Nulles ont déchiré ! Tout ce temps à s'acharner
sur nos instruments avait fini par payer. Mes doigts
ont naturellement trouvé les cordes sans même que
j'en lâche une, une seule fois.

Nanci frappait sa batterie au lieu de manger de la
tarte. La basse de Mari avait toutes ses cordes et Patti
s'était même souvenue de brancher son clavier.

Quant aux cris fous stridents de Rhonda, ils
s'accordaient à la perfection avec nos instruments
aux sonorités de crécelle. Notre groupe de heavy
metal a tout pété !

La foule se déchaînait sur la piste, les poings en
l'air. Mais j'ai vraiment su qu'on était bonnes à la
minute où j'ai jeté un coup d'œil à Missy. On aurait dit
qu'elle s'apprêtait à étriper quelqu'un.

J'ai souri de toutes mes dents.

Et les filles ont continué sur leur lancée.

CHAPITRE 60

La princesse déjantée

À la fin, la foule était en délire. Les élèves hurlaient à pleins poumons. Leurs voix faisaient vibrer ma cage thoracique.

J'avais eu tellement peur de me ridiculiser que je n'avais même pas imaginé qu'on pouvait avoir autant de plaisir à être sur scène. Seulement, grâce aux acclamations des spectateurs, je me suis sentie tel un volcan, prêt à entrer en éruption de joie.

Le public continuait à hurler. Quelqu'un a lancé un caleçon sur le podium.

Je préfère ne pas savoir d'où ça vient.

Rhonda m'a regardée, un immense sourire aux lèvres.

— JE VOUS AVAIS DIT QUE VOUS ALLIEZ DÉCHIRER !

La foule scandait :

— UNE AUTRE ! UNE AUTRE ! UNE AUTRE !

D'ordinaire, c'est le moment où j'écrirais un truc comme *Et là, je me suis réveillée.*

Sauf que cette fois, c'était bien réel.

— Il faut jouer un autre morceau ! ai-je crié par-dessus le brouhaha de la foule.

Néanmoins, Missy Trillin, déjà, se précipitait, en furie, sur scène. Elle a arraché le micro des mains de Rhonda puis a décoché aux élèves son regard-qui-tue.

La salle était brusquement aussi silencieuse
qu'une tombe. La mienne.

— Bon, a fini par siffler dans le micro Missy, si fort
que les murs ont paru trembler. Plutôt surprenant.
Surtout quand on sait que Georgia est si... cloche.

Elle a affiché un sourire suffisant.

Sur le coup, personne n'a pipé mot. Ma gorge
brûlait tellement : j'avais l'impression que je venais
d'avaler de la lave bouillante. Tout est devenu très
flou. Va-t'en ! a rugi une voix dans ma tête. Avant
qu'elle te chasse, elle !

Mais avant que j'aie le temps de tourner les talons
pour m'enfuir, quelqu'un s'est exclamé :

— Ouuuuh !

Puis un autre élève s'y est mis à son tour :

— Ouuuuh, Missy !

Après, j'ai reconnu la voix de Sam :

— Une autre !

Le public l'a imité :

— Une autre ! Une autre ! Une autre !

Je n'en revenais pas. Ils tenaient tête à Missy. Son
pouvoir s'émoussait-il ?

— Je suis désolée mais on n'a pas le temps,
a décrété Missy au micro. Le prochain groupe
s'appelle...

— Une autre ! Une autre !

Les acclamations m'ont submergée telle une pluie

froide. J'ai cligné des yeux pour en chasser les larmes. J'observais Missy alors qu'elle s'égosillait au micro mais je ne pouvais entendre ce qu'elle disait. Les spectateurs faisaient trop de bruit : ils réclamaient à tout prix un autre morceau.

À cet instant, j'ai pris conscience de quelque chose d'important : j'avais envie d'exaucer leur souhait.

— Silence ! a tonitrué Missy mais personne ne l'a entendue.

Ou peut-être que si mais tout le monde s'en fichait.

— Descends du podium, Missy, lui ai-je ordonné, un bras tendu pour récupérer le micro.

Missy m'a fait un croche-pied ; j'ai trébuché en moulinant les bras. J'ai tenté de retrouver mon équilibre et agrippé au passage…

Deux élèves, au premier rang, m'ont rattrapée. Je ne me suis pas blessée. J'ai levé les yeux juste à temps pour voir Missy baisser les siens, la bouche ouverte dans un « o », sur sa jupe disparue. Ensuite, elle a foudroyé du regard les autres qui se moquaient d'elle.

Rhonda lui a tendu un tambourin pour cacher sa culotte mais Missy l'a rejeté d'un revers de la main. Alors, elle a poussé un hurlement avant de quitter la scène en trombe.

Rhonda m'a considérée un instant :

— ON FAIT UNE AUTRE CHANSON ?

— Absolument !

D'une main tendue, Rhonda m'a hissée à nouveau sur scène. J'ai attaché ma guitare électrique sous les acclamations de satisfaction du public. On a assuré sur la chanson suivante ainsi que les deux d'après. Pour conclure, on a salué le public pendant cinq longues minutes. Rhonda savourait l'instant et envoyait des baisers volants à nos fans ainsi que des clins d'œil aux garçons les plus mignons.

Alors qu'on s'apprêtait à sortir de scène, j'ai tapé dans sa main. Nanci, Mari et Patti pépiaient d'excitation.

— J'ai trop hâte qu'on joue à Airbrook ! a déclaré Mari.

Ouh là. Je me demandais ce qu'en penserait Rafe. Il passerait probablement le concert dans les toilettes à vomir, les mains plaquées sur les oreilles.

— ON A ÉTÉ GÉNIALES ! PAS VRAI,
GEORGIA ? a dit Rhonda.

— Tu as été sensas', Rhonda, lui ai-je assuré avant
de la serrer dans mes bras, ce qui l'a fait rougir autant
que sourire.

— Georgia ? a dit une petite voix dans mon dos.

J'ignore comment j'ai réussi à l'entendre par-
dessus le bruit de la foule.

— Euh, Georgia, je voulais juste te dire que je
t'avais trouvée vraiment bonne. Je suis désolée que
Missy ait été aussi méchante.

— Merci, Bethany.

— Moi, c'est Brittany.

— Ah, d'accord. Bref, merci quand même.

— Elle est vraiment affreuse, pas vrai ? a renchéri
Brittany.

On aurait dit qu'elle s'apprêtait à pleurer.

Je me suis sentie mal pour elle. Ça ne devait pas
être facile d'avoir Missy comme amie. Après lui avoir
serré l'épaule, j'ai répondu :

— Ouais, elle est horrible.

Brittany a éclaté en sanglots. Au même instant,
Sam s'est écrié :

— Georgia !

Je l'ai vu me faire un signe de la main : il
s'empressait de me rejoindre. Mon concert était
terminé. Mon groupe avait vraiment assuré. Et le

meilleur ? C'est que je pouvais passer le reste de la soirée à danser avec Sam.

J'ai souri et agité la main moi aussi.

La meilleure soirée de toute ma vie !

Maman sera toujours… maman

— **C**omment ça s'est passé ? m'a demandé ma mère alors que je montais en voiture à la fin de la soirée.

Dans ma tête, les pensées se bousculaient : j'avais tellement de choses à lui raconter.

— On a gagné la Bataille du Rock ! ai-je annoncé en premier. Et j'ai dansé avec Sam ! J'ai passé la meilleure soirée de ma vie !

— Je suis tellement contente pour vous ! Ton groupe et toi avez travaillé dur pour ça. (Maman m'a adressé son sourire le plus chaleureux.) Vous le méritez, Georgia.

Je me suis brusquement sentie minable. Ma mère m'avait acheté cette super robe et soutenue pour mon concert… et moi, je ne lui avais pas avoué la vérité à propos de ma retenue. Dans ce cas, elle m'aurait probablement consignée et j'aurais manqué la meilleure soirée de ma vie...

J'ai été prise d'une nausée soudaine, comme si j'avais volé quelque chose.

Ma mère méritait de connaître la vérité.

J'ai pris une profonde inspiration.

— Maman, j'ai renversé du riz au lait sur la tête de Missy Trillin et je suis collée une semaine. J'ai aussi dû aller voir la psychologue de l'école mais je jure que c'est fini et que jamais plus je ne ferai de bêtises et je te demande pardon pardon pardon pardon.

— Oh, Georgia...

— Je sais.

— J'aurais préféré que tu m'en parles plus tôt.

— Je sais. J'avais prévu de faire ça avant la soirée mais…

— Non, Georgia. (Maman a secoué la tête et pris ma main.) J'aurais bien aimé que tu te confies : au sujet de tous les ennuis que tu as avec Missy. J'aurais pu t'aider.

J'ai soupiré et précisé :

— Je crois que c'est réglé maintenant.

— Tant mieux. Et Georgia… à propos de cette histoire d'adoption ? Je suis désolée. J'aurais dû te l'apprendre plus tôt. Je suppose que… que j'ai pensé que cela n'aurait pas d'importance.

On est restées assises dans le noir, sur le parking, un bon moment. Avoir été adoptée avait-il de l'importance ? D'une certaine façon, oui. Quelque part dans le monde, j'avais une mère et un père biologiques. On avait les mêmes gênes. Ça avait de l'importance.

Mais là, dans cette voiture, se trouvait la mère qui m'avait élevée.

On avait l'une pour l'autre un amour réciproque. Et ça, honnêtement, c'était le plus important.

— Je suis désolée d'avoir été une fille aussi nulle ces temps-ci, ai-je fini par m'excuser au bout d'un moment.

Maman a pivoté sur son siège pour être face à moi.

— Georgia, je préférerais que tu n'aies pas d'ennuis à l'école mais tu n'es pas nulle. Tu es merveilleuse. Et même si tu étais nulle, je t'aimerais quand même.

Elle a ouvert les bras et m'a attirée contre elle. Elle sentait la tarte aux pommes et le café du restaurant, ainsi qu'un million d'autres choses qui caractérisait son odeur bien à elle.

— Nous formons une famille, Georgia. Nous formerons toujours une famille.

On s'est étreintes longuement. Après un temps, maman a laissé échapper un petit cri. Son corps tremblait.

— Quoi ? ai-je dit en m'écartant.

Maman a laissé échapper un autre cri et je me suis rendu compte qu'elle rigolait.

— Du riz au lait, a-t-elle répété.

J'ai ri moi aussi.

— Ouais.

— Tu es bien la sœur de Rafe, cela ne fait aucun doute, tu ne crois pas ?

Les pupilles de maman ont soudain brillé et j'ai compris que – aussi étrange cela soit-il – elle était fière de nous.

Suis-je comme Rafe ? J'ai repensé à mes derniers mois au collège : ils n'avaient pas été… très calmes, c'était clair.

— Oui, ai-je enfin répondu à maman. Je crois bien que oui.

Autre chose

Étant donné que l'heure était aux Grandes Confessions, j'ai parlé de mes notes à maman.

— Mes profs ne veulent pas me donner une seconde chance, ai-je expliqué.

— Je vais m'en charger.

Et je savais que ma mère tiendrait sa promesse. Quand maman allait parler aux profs, elle était comme une lionne qui cherche à protéger ses lionceaux. J'ai presque eu de la peine pour Sa Majesté des Lézards et M. Grank.

Presque.

— Ça aussi, tu aurais dû m'en parler plus tôt.

— J'ai eu peur de te décevoir, ai-je avoué.

— Georgia, les notes m'importent mais simplement parce que je sais que tu aimes l'école. (Ma mère a

démarré et reculé pour sortir de sa place de parking.)
Tu es bonne élève. Tu aimes travailler dur et obtenir
les notes que tu mérites. Et je vais faire tout ce qui est
en mon pouvoir pour m'assurer que tes enseignants
comprennent que tu n'es pas Rafe.

Je ne suis pas Rafe, a murmuré mon cerveau
engourdi. Une image de moi sur scène, avec Rhonda,
a flotté dans ma tête. J'ai revu le visage surpris
de Missy quand j'ai tiré sur sa jupe, les larmes de
Brittany alors qu'elle s'apercevait à quel point son
amie était abominable et le gentil sourire de Sam,
avec ses fossettes, pendant qu'on dansait.

Je me suis souvenue de l'expression choquée de
Mini-Miller alors que je lui donnais un coup de pied
dans le tibia. Et celle de
Jeanne quand elle m'a
avoué aimer vraiment
mes cheveux verts. *Je ne
suis pas Rafe*, ai-je songé.
*Je suis Georgia. Je suis
moi.*

Et pour la première
fois depuis des semaines,
j'étais persuadée qu'au
collège, tout irait comme
sur des roulettes.

CHAPITRE 63

Rafe *vs* Moi : le cessez-le-feu (c'est vrai de vrai !)

Je m'apprêtais à m'endormir lorsqu'on a frappé à ma porte.

— C'est Rafe. Je peux entrer ?

Aussitôt, j'ai eu des soupçons. En général, Rafe ne frappe pas avant d'entrer. Il débarque dans ma chambre sans prévenir.

— D'accord.

Je me suis redressée sur mon lit.

— Comment vous vous en êtes sorties avec ton groupe ?

Il s'est assis au bord de mon lit.

— Rhonda a chanté. C'était génial, lui ai-je rapporté.

— Je savais que vous seriez bonnes.

— Quoi ? (Je lui ai donné un petit coup de pied de sous ma couverture.) Tu nous trouves nulles !

Après un haussement d'épaules, Rafe a admis :

— Vous n'êtes pas si nulles que ça.

— Je suis contente que tu m'aies poussée à aller à la soirée, ai-je dit.

— Je ne t'ai pas poussée, a-t-il rectifié avec un nouveau haussement d'épaules.

— N'empêche. Sans toi, je n'y serais pas allée. Alors… (Je me suis mordu la lèvre.) Merci.

Ouah. Je venais de dire « merci » à mon frère. Cette nuit devrait clairement figurer dans les annales.

Rafe a posé les yeux sur mon vieil édredon. Il a suivi le motif du doigt.

— Écoute, euh… peut-être qu'entre frère et sœur,

on ne devrait pas se chamailler autant.

— Tu penses à un frère et une sœur en particulier ?

Rafe a levé les yeux au ciel avant de les plonger dans les miens.

— Toi et moi.

— Ben, ce n'est pas ma faute, Rafe.

— Je sais.

— Oh. Donc, tu sous-entends que c'est la tienne ?

— Je dis seulement qu'on pourrait tous les deux mieux faire. C'est vrai, pourquoi on se chamaille de toute manière ? On dirait presque que c'est une habitude. Ce n'est pas comme si on se détestait. N'est-ce pas ?

Alors, j'ai attendu qu'il ajoute un commentaire sarcastique. J'ai attendu un bon moment.

— Tu as raison. Si ça se trouve, on s'aime même bien, ai-je ajouté avec courage. Enfin, des fois.

— Ouais. (Rafe a hoché la tête.) Bien.

Là-dessus, il s'est levé pour sortir de ma chambre.

Ouah, si je m'attendais à ça !

Je suppose que j'ai fini par l'avoir à l'usure. Comme un savon.

Évite juste de m'utiliser pour te laver sous les bras.

Le cessez-le-feu est terminé : la guerre reprend

Disons que ça a été sympa le temps que ça a duré.

— Rafe ! ai-je hurlé alors que je plongeais ma cuillère dans mon muesli le lendemain matin. Il y a un escargot dans mes céréales !

— Je croyais que tu aimais les escargots, a répliqué Rafe. C'est typiquement français.

Oooooh, il va me le payer ! Cette pensée, bizarrement, m'a rendue... heureuse.

Le cessez-le-feu n'avait duré que quelques heures mais les coups en douce m'avaient manqué. La tactique. Les cris. La répartie. (Cherchez le mot dans le dico : il y en a sur Internet.)

Hé, c'est chouette quand Rafe est gentil. Mais c'est plus *drôle* quand il est Rafe.

Et... j'ai perdu mon pari

Surpris ?

Moi non.

Je n'avais pas eu que des A – en anglais, j'avais eu un B+ – et les Princesses n'avaient PAS subi de greffe de la personnalité pour devenir brusquement mes amies.

Mais bon, Rafe n'a pas gagné le pari non plus.

J'AI des amis et je ne rêve PAS de quitter le collège de Hills Village. Alors, c'est match nul, je suppose.

À propos, j'ai montré mes dessins à Rafe et il m'a un peu aidée.

Comme ça :

Finalement, ce n'est pas si terrible d'être la sœur de Rafe Khatchadorian.

C'est pire encore.

(Je t'ai bien eu, Rafe ! *Fastoche !*)

CE ROMAN VOUS A PLU ?

Donnez votre avis et
discutez de votre série préférée
avec d'autres lecteurs sur

LECTURE academy.com

Rafe est le pire des collégiens,
mais c'est aussi l'un des plus drôles.
Retrouvez-le tout de suite dans

La **5**ème

LA (ENCORE) PIRE ANNÉE
DE MA VIE !

Plus d'infos sur cette série
dès maintenant sur le site

LECTURE
academy.com

MON TOP DIX
(EN VÉRITÉ, SIX)

Le Top ~~Dix~~ Six de Rafe Khatchadorian dans la catégorie : « Exploits en classe de sixième » (essayez de ne pas être trop impressionné) :

J'AI FAIT BEAUCOUP D'EXERCICE.

N°2

J'AI CRÉÉ
DES ŒUVRES D'ART
SUPER COOL.

N°3

J'AI ROULÉ
À FOND DANS
UNE VOITURE.

N°4

J'AI APPRIS
À PEINDRE.

CET EXTRAIT VOUS A SÉDUIT ?

NE MANQUEZ PAS
LE ROMAN INTÉGRAL
DÉJÀ DISPONIBLE !

Plus d'infos dès maintenant sur cette série
et sur bien d'autres romans
sur

Imprimé en Espagne par RODESA
Dépôt légal 1re publication janvier 2014

20.3936.0 - ISBN 978-2-01-203936-0
Édition 03 - juin 2014

Loi n° 46-956 du 16 juillet 1949
sur les publications destinées à la jeunesse.